# LE PROTOCOLE MÉRIDIEN DE PARIS

*Les choses ne sont pas ce dont elles se souviennent*

*Édition française originale adaptée*

**Mark Anderson, PhD**

**Deviens l'histoire. Deviens le conteur.**

# Copyright



LE PROTOCOLE MÉRIDIEN DE PARIS - Les choses ne sont pas ce dont elles se souviennent - Deviens l'histoire. Deviens le conteur.



Les images ont été créées à l'aide d'outils d'intelligence artificielle développés par l'auteur.

18 Dover Street, Suite 492
Norwell, Massachusetts 02061
États-Unis

Première édition
Imprimé aux États-Unis

ISBN 979-8-9958085-1-0 (ebook)
ISBN 979-8-9958085-2-7 (broché)

 Images are crafted using AI tools constructed by the author.

---

# Avertissement

Cet ouvrage est une œuvre de fiction. Les noms, personnages, lieux et événements sont soit le fruit de l'imagination de l'auteur, soit utilisés de manière fictive. Toute ressemblance avec des personnes réelles, vivantes ou décédées, ou avec des événements réels serait purement fortuite.

L'auteur et l'éditeur déclinent expressément toute responsabilité quant à toute perte, blessure, effet indésirable ou dommage—direct ou indirect—pouvant résulter de l'utilisation ou de l'application des informations, suggestions ou idées présentées dans ce livre. Les lecteurs assument l'entière responsabilité de l'usage qu'ils font des informations contenues dans cet ouvrage.

Tous les noms de produits, marques commerciales et marques déposées mentionnés dans ce livre appartiennent à leurs propriétaires respectifs et sont utilisés uniquement à des fins d'identification et d'illustration pédagogique. Aucune approbation n'est implicite. Les produits mentionnés le sont uniquement à titre d'exemple dans le cadre d'un usage nominatif loyal.

## Remerciements

Merci à ma sœur, qui écoute toujours mes nombreuses histoires avec intérêt.

Aucune machine à voyager dans le temps n'a été endommagée lors de l'écriture de ce livre.

Plusieurs habitudes possibles et choix hypothétiques ont été examinés.

Ce livre existe grâce à la curiosité, aux conversations enrichissantes, au jugement, à l'intention—et à la patience discrète de celles et ceux qui ont permis à l'imagination d'évoluer.

## Dédicace

Ce livre est dédié à toutes celles et tous ceux qui ont cherché à comprendre l'art de raconter une histoire—et la manière dont on choisit de la raconter.

À celles et ceux qui se sont demandé
ce que signifie vivre aux côtés de futurs possibles.

À celles et ceux qui prennent encore le temps de s'arrêter
avant d'accepter une réponse.

# Table des matières

## Préface : La conversation a déjà commencé

---

Note de traduction : Cette édition française a été soigneusement adaptée afin de préserver le ton, le rythme et les nuances du texte original. L'objectif n'est pas une traduction littérale, mais une expérience de lecture fidèle à l'intention narrative et émotionnelle de l'œuvre.

Vous faites déjà partie de cette histoire.

Non pas parce que vous l'avez choisi,
mais parce que vous êtes déjà pris dans une séquence de décisions.

Chaque chemin emprunté.
Chaque chemin évité.

Rien ne disparaît.
Tout persiste—
sous forme de possibilités.

La plupart du temps, ces possibilités se réduisent à une seule expérience,
à une seule version des événements,
à une seule vie qui semble continue.

Mais si ce n'était pas le cas ?

Et si le système qui régit ces possibilités
n'était pas fixe,
mais adaptatif ?

Et si quelqu'un devait décider
si ce système devait, un jour, être autorisé à se stabiliser ?

Ce livre n'est pas simplement une histoire.
C'est une séquence.

Chaque chapitre est un moment.
Chaque moment est un point de décision.

Vous pouvez le lire comme un récit.
Ou comme un modèle.

Dans tous les cas—
la conversation a déjà commencé.

## Comment lire ce livre

Ce roman est construit comme une séquence de moments.
Chaque chapitre n'est pas seulement une scène : c'est une limite de décision.

Vous pouvez en faire l'expérience de différentes manières :
• Visuellement → Imaginez chaque chapitre comme une scène qui se déploie en temps réel
• Linéairement → Suivez l'histoire du début à la fin
• Conceptuellement → Concentrez-vous sur le système sous-jacent au récit

Cette structure est intentionnelle.
Le temps, les décisions et leurs conséquences comptent.

Les chapitres courts marquent des transitions.
Non une recherche de brièveté.

Les pauses comptent.
La répétition compte.
La perspective compte.

Si vous vous surprenez à ralentir—
à faire une pause—
ou à relire une phrase—
alors le livre fonctionne comme il le doit.

Car les moments les plus importants de cette histoire
ne sont pas ceux qui avancent.
Ce sont ceux qui vous arrêtent.

## Personnages

**Elara Voss (dossier incomplet)**
Rôle : Celle qui se souvient ; une voyageuse qui résiste à toute forme de finalité et cherche un système qui préserve le choix plutôt que de l'imposer.
Identité visuelle : Une voyageuse solitaire, à la présence ancrée, vêtue d'un long manteau sombre et intemporel, portant une mallette usée. Ses

mouvements restent naturels, bien que légèrement désalignés par rapport à son environnement.

**Celle qui est restée (désignation inférée)**
Rôle : Une version d'Elara qui n'est jamais partie ; un point fixe au sein d'une séquence fermée.
Rôle dans le système : Maintient la continuité dans une branche effondrée ; répète les interactions sans progression.
Identité visuelle : Indiscernable d'Elara, mais immobile dans son intention, placée au bord de la tour face à un horizon immuable.

**Elias Vane (origine incertaine)**
Rôle : Une présence inattendue dans la séquence.
Rôle dans le système : Introduit une déviation et remet en cause les schémas établis de récurrence.
Relation à Elara : La reconnaissance précède la compréhension ; le lien persiste sans être défini.
Identité visuelle : Une silhouette posée, délibérée, dont la présence ne s'aligne pas complètement avec l'environnement qui l'entoure.

**Le Réseau (construction systémique)**
Rôle : Une structure adaptative qui régit la continuité à travers des lignes temporelles divergentes.
Rôle dans le système : Préserve, stabilise et contient les résultats divergents tout en permettant une récurrence contrôlée.
État : Partiellement observable ; non entièrement compris.

**Meridian House (Maison Meridian) (lieu / nœud)**
Rôle : Un point de convergence au sein du Réseau.
Rôle dans le système : Contient les intersections entre mémoire, décision et alignement des séquences ; agit à la fois comme archive et seuil de transition.
Propriétés : L'espace intérieur dépasse la géométrie extérieure ; les limites spatiales et temporelles sont instables.

**La Mallette (objet de continuité)**
Rôle : Un objet persistant transporté à travers les itérations.
Rôle dans le système : Sert d'ancrage entre les séquences ; contenu non

entièrement catalogué.
État : Usée ; insensible aux variations environnementales.

**Le Carnet (archive fragmentaire)**
Rôle : Un enregistrement partiel des séquences antérieures.
Rôle dans le système : Contient des observations et des motifs qui ne correspondent pas nécessairement à l'itération en cours.
Limitation : Incomplet ; auteur incertain.

**La Ville (Paris) (environnement récurrent)**
Rôle : Constante environnementale principale.
Rôle dans le système : Fournit un cadre stable aux variations de séquence malgré les divergences sous-jacentes.
État : Visuellement cohérente ; structurellement instable.

**La Tour (point de convergence)**
Rôle : Une frontière entre observation et décision.
Rôle dans le système : Lieu d'arrivées répétées et d'instabilité des séquences.
Propriété : La perspective modifie l'interprétation ; l'élévation est corrélée à la conscience.

## Prologue : Celle qui est restée

---

LE PROTOCOLE MÉRIDIEN DE PARIS
Les choses ne sont pas ce dont elles se souviennent

Elle ne se souvient pas du moment où elle a cessé de bouger. C'est la première chose qu'elle remarque—non pas la tour, ni le ciel, ni la ville en contrebas, mais l'immobilité. Cela fait si longtemps qu'elle n'a pas fait un pas que l'idée même du mouvement lui paraît théorique. Possible, mais plus naturelle.

Elle se tient au bord de la plateforme, une main posée légèrement sur la rambarde de fer, observant l'horizon qui se répète.

Encore un coucher de soleil.

Ici, c'est toujours le crépuscule. La même lumière, la même couleur, le même instant suspendu où la ville n'a pas encore décidé de devenir nuit.

Autrefois, elle mesurait le temps. Elle s'en souvient. Les horloges. Les séquences. Les intervalles. La discipline du mouvement vers l'avant.

Maintenant, il n'y a plus que la récurrence.

Elle ferme les yeux. Un instant—juste un instant—elle manque de se souvenir pourquoi elle est venue. Une mallette. Un passage. Une décision. Quelque chose à propos d'empêcher la séquence de se refermer.

Sa main se crispe sur la rambarde. Trop tard.

Le souvenir se dissout avant de se compléter. C'est la deuxième chose qu'elle a apprise. La mémoire ne disparaît pas d'un seul coup. Elle s'effrite par les bords—le sens d'abord, puis le contexte, puis l'intention. Ce qui reste, c'est une familiarité sans compréhension.

Elle rouvre les yeux. Paris s'étend sous elle, inchangée. Belle. Précise. Immobile dans sa perfection.

C'est là le piège.

La perfection n'est pas la stabilité. C'est une forme de confinement. Elle le sait maintenant…ou elle sait qu'elle l'a su. La différence importe de moins en moins chaque fois qu'elle tente de s'en souvenir.

Derrière elle, quelque chose se déplace.

Un son. Ni mécanique. Ni environnemental. Une arrivée. Son souffle se suspend, à peine. Ce réflexe existe encore. Elle ne se retourne pas tout de suite. Elle a appris cela aussi. Si elle se retourne trop vite, la séquence se déstabilise. Si elle attend—juste assez longtemps—le schéma se maintient.

Des pas. Mesurés. Précautionneux. Familiers. Elle ferme de nouveau les yeux.

Voilà. La reconnaissance. Non pas visuelle. Structurelle. Quelqu'un a atteint la tour, encore une fois. Une autre version. Une autre tentative. Une autre itération de la même décision.

Sa voix, lorsqu'elle parle, lui semble lointaine.

« Tu t'es souvenue du marché. » Les mots viennent avant qu'elle ne les comprenne pleinement. Mais ils sont justes. Ils le sont toujours. Cela, au moins, demeure constant.

Elle ouvre les yeux et fixe l'horizon. Elle ne se retourne pas. Pas encore. Parce qu'elle sait déjà ce qu'elle verra.

Une femme. Un manteau. Une mallette. L'espoir. Elle se souvient de l'espoir. C'est la troisième chose qu'elle remarque. Il existe encore. Mais pas ici. Seulement dans la version qui vient d'arriver.

Ses doigts se resserrent légèrement sur la rambarde de fer.

Il y a eu un moment—une fois—où elle se tenait là où cette femme se tient maintenant. Un moment où le choix existait encore. Elle tente de s'en souvenir. Tente de le reconstruire. Mais ici, la séquence est fermée. Verrouillée.

Cette branche n'avance pas. Elle continue seulement. Encore. Et encore. Et encore.

Elle parle, plus doucement maintenant—non pour avertir, non pour guider, mais parce que le schéma l'exige. « Tu as encore le temps de t'arrêter. » Les mots restent suspendus entre elles. Elle sait comment cela se déroule. Elle sait ce qui vient ensuite. Elle sait que cette version ne s'arrêtera pas. Aucune ne le fait jamais.

Et quelque part, sous l'érosion de la mémoire et du sens, une part d'elle en éprouve du soulagement.

Il y avait une voix. Ni extérieure. Ni tout à fait la sienne. Elle n'arrivait pas clairement—seulement par fragments, comme portée à travers quelque chose d'instable.

Un avertissement, peut-être. Ou une répétition.

Tu as encore le temps de…

La suite ne vient pas. Une autre pensée s'impose, plus faible—plus proche :

…avant.

Elle se retourne, certaine un instant que quelqu'un se tient derrière elle. Il n'y a personne.

Il ne reste que cette sensation—que ce moment a déjà commencé.

Une mallette mystérieuse. Un carnet. Et la certitude silencieuse que certaines mémoires ne sont pas les vôtres.

---

# Imaginez.

Vous arrivez sans avertissement—sans machine, sans explication—
seul, une mallette à la main.

La ville est silencieuse.
Aucune foule.
Aucun pas, sinon les vôtres.
Personne n'a remarqué votre arrivée.

Et pourtant… quelque chose ne va pas.

Vous n'êtes pas censé être ici.
Et pourtant… vous n'êtes pas seul.

Un souvenir commence à émerger—lentement, incertain.
Vous êtes un voyageur du temps.

Mais cette certitude se fissure presque aussitôt.
Car vous ressentez autre chose.

Vous êtes déjà venu ici.

Pas comme fonctionne la mémoire.
Pas comme on apprend un lieu.
Mais comme un instant qui se répète
sans permission.

Maintenant… considérez les possibilités.
Et demandez-vous quelle version de vous les a choisies.

# Chapitre 1 : La place de la première lumière

Paris était encore en train de devenir elle-même.

À cette heure où la ville ne s'était pas encore entièrement souvenue de son nom, l'esplanade du Trocadéro reposait dans un silence de lumière pâle et de longues lignes géométriques. La pierre étendue conservait le froid de la nuit, tandis que le matin commençait déjà à s'y déposer en nappes d'ambre. Au loin, centré dans la perspective comme une pensée trop vaste pour être ignorée, la tour Eiffel s'élevait à travers une brume légère.

Elara avançait vers elle, seule.

Son manteau ondulait autour de ses jambes en plis sombres et lents, intemporel dans sa coupe, impossible à situer dans une décennie précise.

Dans une main, elle tenait une mallette usée, dont le cuir portait les marques de voyages anciens et d'intempéries plus anciennes encore. Ses cheveux se soulevaient à peine dans l'air du matin. Derrière elle, devant elle, de chaque côté, l'esplanade restait presque vide, comme si la ville avait laissé ce corridor intact pour son arrivée.

Elle n'avait pas l'intention de venir à Paris.
C'était la première vérité à laquelle elle se fiait.

La seconde était plus étrange : elle connaissait cet endroit. Non pas comme on connaît un lieu par la mémoire ou les cartes, mais comme on reconnaît un rêve récurrent à sa lumière. Les motifs des pierres sous ses pas, la distance mesurée entre les balustrades, la forme exacte de la tour dans cette brume matinale—tout cela lui donnait l'impression d'un passage déjà vécu, comme à demi endormie dans une autre vie.

Elle ralentit sans s'arrêter.

Une pression émanait de la mallette. Pas un poids. Une présence.

Elle avait appris, après trop de traversées, à ne jamais l'ouvrir trop tôt.

La machine à l'intérieur réagissait différemment selon les lieux. Certains restaient calmes, d'autres instables. Certains altéraient la chronologie de façon presque imperceptible—une seconde sautée, un geste répété, un souvenir apparaissant avant sa cause. Et puis il y avait des lieux rares, des lieux dangereux, où le temps ne se comportait plus comme un fleuve mais comme du verre superposé. Paris, semblait-il, en faisait partie.

La tour se précisait à mesure qu'elle approchait.

L'aube glissait sur la pierre en plans de lumière qui s'élargissaient lentement. Son ombre s'étirait derrière elle, longue et étroite, pointant vers la version d'elle-même qui avait pénétré dans cette ville avant l'aube. Elle jeta un regard par-dessus son épaule et ne vit que le vide et la lumière étendue.

Et pourtant, une inquiétude persistait.

Elle tenta de se rappeler la dernière séquence confirmée : la pièce à Vienne, le quai de gare en hiver, la montre arrêtée à 4 h 13 avant de repartir douze heures plus tard, la page de son carnet remplie d'une écriture dont elle ne se souvenait pas être l'auteure. Il y avait des coordonnées. Une date sans année. Et une phrase, soulignée deux fois :

Aller à la tour avant que la ville ne s'éveille. Ne pas faire confiance au premier reflet.

Elle n'avait aucun souvenir d'avoir écrit cela.

Un moteur lointain murmura au-delà de l'esplanade. Plus bas, dans les rues, une charrette roulait sur la pierre. Un oiseau traversa le ciel pâle. Le monde était ordinaire dans tout ce qu'il montrait, et cela l'inquiétait plus que toute étrangeté visible.

Elle continua d'avancer.

Plus elle approchait, plus la tour cessait d'être un monument pour devenir une structure—du fer, des mathématiques, une intention. Elle ressemblait moins à un repère qu'à une machine construite à l'échelle de l'architecture. Pas un portail. Pas exactement. Mais peut-être quelque chose qu'un portail pourrait reconnaître.

Elle s'arrêta enfin au bord de la vaste place et lui fit face.

La lumière chaude effleura un côté de son visage. La mallette pendait immobile à son bras.

Pendant un long instant, rien ne se produisit.

Puis le loquet de la mallette émit un déclic.

Pas une ouverture. Juste assez pour lui indiquer que le dispositif à l'intérieur s'était éveillé.

Elle ne bougea pas.

La ville sembla retenir son souffle avec elle.

Et quelque part dans l'air qui s'éclaircissait entre elle et la tour, elle éprouva soudain la sensation, impossible et immédiate, d'être observée de très près.

---

# Chapitre 2 : La seconde femme

La sensation arriva avant la vision.

Une légère variation de pression. Un amincissement de l'air. Un frémissement si délicat qu'il ressemblait moins à une vibration qu'à une hésitation, comme si le matin lui-même avait reconsidéré sa progression. Elle resserra sa prise sur la mallette et fixa la tour Eiffel.

Puis elle la vit.

Pas dans un miroir. Pas dans le verre. Pas même dans une ombre.

Devant elle, à quelques pas plus près de la tour, une seconde silhouette avançait sur les mêmes pierres dessinées. Le même manteau. La même démarche. La même mallette oscillant au même angle. Son contour était semi-transparent dans la brume dorée, et pourtant d'une netteté impossible. Ni fantôme, ni rémanence—une personne, décalée dans le temps d'une fraction invisible, marchant là où elle-même n'avait pas encore marché.

L'air entre elles se déformait légèrement, comme la chaleur au-dessus d'un sol brûlant.

Elle s'arrêta si brusquement que la poignée de cuir entailla sa paume, ses doigts se resserrant aussitôt. Elle inspira lentement, profondément.

La seconde femme continua d'avancer.

La lumière traversait la silhouette de façon inégale. Les contours vacillaient. À l'intérieur de ce corps, des strates semblaient coexister, des positions multiples encore non résolues. Une épaule légèrement en avance sur elle-même. Une main doublée un instant, puis recomposée. Les cheveux oscillant dans deux directions à la fois avant de se fixer.

La bouche de la voyageuse s'assécha.

Ce n'était pas une simple fuite temporelle. Elle avait déjà vu des échos… des résidus laissés dans des corridors instables, des mouvements répétés prisonniers d'un lieu. Mais les échos ne regardaient pas en retour.

Celui-ci ralentit.

Très légèrement, très délibérément, la silhouette tourna la tête.

Le visage n'était pas entièrement visible, seulement suggéré de profil à travers l'éclat et la brume, mais la reconnaissance la frappa avec la force d'un choc. C'était son visage. Pas identique en âge peut-être. Pas même identique dans son expression. Mais indéniablement le sien.

Elle voulut appeler, mais un instinct plus profond la maintint silencieuse. La conscience de l'instant la figea, suspendant son souffle. L'avertissement du carnet lui revint avec une netteté soudaine.

Ne pas faire confiance au premier reflet.

La double reprit sa marche.

De longues ombres s'étiraient sur l'esplanade. La tour dominait les deux silhouettes, l'une réelle, l'autre impossible, traversant le même champ de lumière. La voyageuse fit un pas en avant, puis un autre. L'air s'épaissit. Une légère distorsion ondulait depuis la trajectoire de la double, déformant les lignes droites de la pierre sous ses pieds.

« Attends », murmura-t-elle, sans savoir laquelle des deux elle interpellait.

La silhouette s'arrêta de nouveau.

Cette fois, au lieu de se retourner, elle souleva légèrement la mallette, comme en signe. Ou en avertissement.

Puis la brume changea.

Une brise traversa la place. La lumière dorée se refléta sur le fer de la tour. Et, pendant un battement suspendu, la double devint plus visible que l'originale—plus solide, plus définie, plus présente dans le matin que la femme dans son propre corps.

La panique monta en elle, froide et nette.

Elle s'agenouilla brusquement et ouvrit le fermoir extérieur de sa mallette, sans exposer complètement le dispositif mais suffisamment pour atteindre l'interrupteur d'urgence dissimulé dans la doublure. Un léger déclic métallique répondit à son geste. Protocole de stabilité. Ancrage local. Contention minimale du champ.

La distorsion vacilla.

La double se brouilla sur ses contours, puis se fragmenta en bandes translucides de lumière qui dérivèrent latéralement comme de la soie déchirée dans le vent. Et pourtant, même en se dissolvant, la voyageuse sentit—sans le voir—l'autre elle la fixer avec quelque chose de plus complexe que la menace.

Reconnaissance. Compassion. Urgence.

Puis il n'y eut plus rien.

La place retrouva d'un coup sa cohérence : pierre, lumière, tour, distance, silence.

Sa respiration lui parut trop forte. L'air du matin lui sembla presque tangible.

Elle referma la mallette et se releva lentement, scrutant l'esplanade. Personne à proximité ne semblait avoir réagi. Un couple, au loin près de la balustrade, poursuivait sa marche. Un camion municipal circulait plus bas. Le monde ordinaire n'avait pas perçu la fracture.

Mais la fracture, elle, l'avait perçue.

À ses pieds, là où la double s'était arrêtée, quelque chose brillait sur la pierre.

Elle s'approcha avec précaution.

Ce n'était ni du métal, ni du verre. Plutôt une mince lamelle transparente, courbée, lumineuse sur son bord, comme une fine coupe détachée d'un temps figé. Elle s'accroupit et tendit la main. Avant que ses doigts ne puissent l'effleurer, la lamelle se dissipa dans l'air.

À sa place ne resta qu'une odeur.

Ni ozone. Ni fumée.

Zeste d'orange.

Pain frais.

Fleurs.

Le parfum d'une rue de marché déjà éveillée quelque part au cœur de la ville.

Elle se redressa et détourna le regard de la tour pour la première fois.

Paris, semblait-il, ne se révélerait pas d'un seul coup. Il faudrait la suivre, indice après indice, à travers sa surface vivante.

La double avait disparu.

Mais elle lui avait laissé une direction.

---

# Chapitre 3 : La chambre d'hôtel

La chambre semblait appartenir à aucun siècle en particulier. C'est cela, plus que son luxe, qui l'avait décidée.

Elle se trouvait derrière une façade discrète, dans une rue calme, le genre d'adresse parisienne que l'on traverse sans la voir à moins de savoir déjà où regarder. À l'intérieur, le hall exhalait une odeur légère de bois ciré, de papier ancien et de retenue coûteuse. Pas de musique. Pas de lumière superflue. Un lieu conçu pour ceux qui recherchent le confort sans attirer l'attention.

Lorsqu'elle atteignit la chambre, la ville s'était entièrement éveillée. Pourtant, à l'intérieur, le temps s'adoucissait de nouveau.

Des rideaux de velours encadraient une haute fenêtre par laquelle la lumière de fin de matinée se déversait en nappes d'or pâle. Une lampe diffusait une chaleur douce près d'un bureau d'écriture. Le mobilier, en bois sombre, était à la fois raffiné et massif, avec l'immobilité d'objets choisis pour survivre aux modes. Un miroir au-dessus de la cheminée reflétait une partie de la pièce, mais pas—elle le remarqua aussitôt—la fenêtre derrière elle. Cette absence la troubla suffisamment pour qu'elle incline légèrement le miroir vers le mur.

Elle posa la mallette sur le lit et se dirigea vers la fenêtre.

De là, elle distinguait les toits, les cheminées, les terrasses, et au-delà, la ligne plus élevée de la ville où la tour apparaissait parfois entre les bâtiments, comme un point fixe dans un rêve. Elle resta immobile, une main posée sur le cadre frais, laissant le silence s'accumuler autour d'elle.

Voyager à travers le temps ne donnait jamais l'impression d'un mouvement une fois terminé. Cela laissait un résidu. Une légère distance avec sa propre peau. Un décalage entre la pensée et le geste. Cette sensation était là, plus forte que d'habitude. La double sur l'esplanade ne s'était pas contentée de l'effrayer. Elle avait ébranlé sa certitude d'être encore la séquence originale.

Elle enfonça son pouce au centre de sa paume, assez fort pour provoquer une douleur.

La douleur, au moins, était immédiate.

Elle sortit son carnet de la poche intérieure de son manteau et s'assit au bureau. Les pages étaient couvertes de dates, de croquis, de flèches, de fragments de lieux et d'avertissements écrits dans des styles d'écriture différents. Certaines lignes, elle se souvenait les avoir tracées. D'autres semblaient laissées par une version d'elle-même qui avait travaillé sous pression, convaincue que les explications viendraient plus tard.

Elle tourna jusqu'aux pages les plus récentes.

Paris. Trocadéro. Lever du soleil.
Chercher les récurrences près des structures conçues.
La tour pourrait être un attracteur, non une destination.

Sur la page opposée, d'une écriture plus nette :

Si tu te vois, la séquence s'est déjà scindée. Continue quand même.

Elle fixa cette phrase pendant un temps indéfini.

Au-dehors, quelque part plus bas, une sirène passa puis s'éteignit. Quelqu'un rit dans la rue. Un tintement de verre parvint d'une autre pièce ou d'un autre étage. La vie ordinaire continuait avec un calme presque offensant.

Enfin, elle ouvrit complètement la mallette.

À l'intérieur, niché dans un tissu sombre, reposait le dispositif.

Assez compact pour être transporté, assez complexe pour résister à toute compréhension immédiate. Des arcs métalliques imbriqués entouraient une chambre centrale dans laquelle une lumière pâle pulsait lentement, presque comme une respiration. De fines gravures parcouraient sa surface—certaines mécaniques, d'autres évoquant une notation physique, d'autres encore troublantes, proches d'une écriture. Inactif, il ressemblait à un artefact extrait d'un laboratoire impossible. Actif, il semblait écouter.

La lumière en son centre s'intensifia lorsque sa main se suspendit au-dessus.

Elle ne le toucha pas encore.

Elle se tourna plutôt vers la fenêtre et observa la lumière envahir la pièce. L'or se répandait sur le velours, le laiton, le veinage du bois, le bord du lit, le cuir de la mallette. Tout semblait calme, réfléchi, détaché du flux ordinaire des heures.

Elle réalisa soudain à quel point elle était fatiguée.

Pas physiquement. Temporellement.

Comme si elle arrivait depuis des années sans jamais parvenir tout à fait.

Lorsqu'elle posa enfin ses doigts sur le dispositif, celui-ci répondit par une vibration sonore à peine perceptible, ressentie davantage dans les os que dans l'oreille. Un anneau de symboles s'illumina autour du noyau. Une séquence se répéta trois fois.

Des coordonnées ? Non.

Des noms de rues.

Pas sous forme de mots, mais elle les comprit avec cette certitude irrationnelle que la machine produisait souvent.

Marché. Rivière. Pont. Tour.

Un trajet.

Elle referma aussitôt la mallette.

La chambre lui avait offert ce qu'elle devait offrir : une pause, un cadre, un lieu où les éléments dispersés pouvaient brièvement s'immobiliser. Mais l'immobilité n'était pas la sécurité. Ce qui s'était scindé sur l'esplanade continuait ailleurs, au-delà de la fenêtre.

Et à Paris, la ville elle-même semblait prête à en favoriser l'émergence.

Elle se leva, prit la mallette et se tourna une dernière fois vers la lumière.

Un instant, dans le reflet, elle crut voir quelqu'un debout à ses côtés.

Lorsqu'elle regarda directement, la pièce était vide.

---

# Chapitre 4 : Le marché

Le marché s'annonça avant même qu'elle ne l'atteigne.
Pas d'abord par le son, bien qu'il y en eût abondamment… le murmure des négociations, le frottement des caisses, les pas sur la pierre humide, les toiles qui frémissaient au-dessus… mais par l'odeur. Agrumes. Pain. Feuilles mouillées. Roses. Savon. Café. Le mélange des parfums descendait la rue comme une mémoire vivante, stratifiée, impossible à dissocier.

Lorsqu'elle s'engagea dans l'allée du marché, la ville changea d'échelle.

Paris devenait immédiate. De main en main, de panier en panier, d'étal en étal. Les pyramides d'oranges brillaient dans la lumière du matin. Les bouquets d'herbes densifiaient l'air d'une verdeur vive. Le pain reposait en longues rangées tièdes, ses croûtes captant la lumière des lampes. Les fleurs débordaient de seaux métalliques, rouges, crème, violettes, rose pâle. Au-dessus de tout cela, de petites lampes brûlaient encore, leurs halos dorés adoucis par le jour naissant.

Elle traversa le marché dans un silence volontaire.

Une foule diffuse l'entourait. Des hommes déchargeaient des caisses. Une femme réarrangeait des tulipes. Un enfant tendait la main vers une pâtisserie. Un livreur à vélo se faufilait avec une aisance irréelle. Les visages passaient sans s'attarder sur le sien. Elle restait nette, isolée dans le flux, son manteau sombre contrastant avec la chaleur des fruits et de la pierre, la mallette lourde à son côté.

C'était cela, pensa-t-elle, que la double lui avait laissé : non un message en mots, mais une trace dans l'atmosphère.

Au premier étal, elle s'arrêta simplement pour observer.

Le vendeur, un homme aux cheveux gris et au regard exercé, leva une orange.
« Madame ? »

Elle secoua la tête. Puis, après une pause :
« Êtes-vous ici depuis longtemps aujourd'hui ? »

Il haussa les épaules.
« Depuis avant le soleil. Tout le monde veut de la beauté tôt. »

Elle esquissa presque un sourire.
« Avez-vous vu passer une femme ? Manteau sombre. Mallette. »

Il jeta un regard à son manteau, puis à la mallette dans sa main. Une lueur d'amusement incertain traversa son expression.

« Beaucoup de femmes passent, dit-il. Certaines deux fois. »

Son souffle se suspendit.

Mais le vendeur se tournait déjà vers un autre client—ignorant peut-être ce qu'il venait de dire, ou le sachant parfaitement. Elle poursuivit sa route.

Les pavés étaient irréguliers, polis par des générations de roues et d'intempéries. La lumière s'accumulait dans leurs creux. L'air gardait de la chaleur à hauteur d'épaule et du froid près du sol. Elle remarquait les détails avec une précision anormale : le duvet sur une pêche, la condensation sur un vase, la farine sur des manches noires, le grincement d'une corde sous une toile suspendue. L'instabilité temporelle affinait souvent la perception avant de perturber la séquence. Le monde devenait plus lui-même juste avant de se fracturer.

À un étal de fleurs, elle le vit.

Pas la double. Une preuve.

Une rose blanche, parmi d'autres fleurs pâles, avait bruni sur ses bords—non par vieillissement, mais par accélération du temps. Un cercle de pétales était déjà sec, presque réduit en poussière, tandis que la tige restait fraîche. Elle se pencha. Autour, l'air vibrait légèrement.

« Ne touchez pas celle-ci », dit la fleuriste, brusquement.

« Pourquoi ? »

La femme hésita.
« Parce que je viens de la poser. Et pourtant… elle semble avoir manqué son heure. »

La voyageuse se redressa.

« Autre chose s'est-il produit ? »

La fleuriste la fixa longuement.
« Vous posez la question comme quelqu'un qui a déjà vu quelque chose. Nous sommes-nous déjà rencontrées ? »

La réponse resta suspendue entre elles.

Au bord de l'étal, sous un seau de lys, une fine traînée lumineuse persistait, comme la trace d'une pluie sous le soleil. Elle se courbait vers une ruelle plus étroite.

La voyageuse la suivit.

Le marché s'effaça derrière elle sans jamais disparaître complètement. Ses odeurs l'accompagnaient—zeste d'orange, croûte de pain, tiges humides, chaleur des lampes. La ville autour d'elle devenait immersive, sensorielle, résonante, comme si Paris n'était pas un décor mais un instrument accordé.

Quelque part, tout près, une autre version d'elle-même venait de traverser ce même passage.

Au bout de la ruelle, elle s'arrêta.

La trace s'interrompait devant une porte, plongée dans l'ombre entre deux boutiques closes.

Il n'y avait rien.

Et pourtant, le loquet de sa mallette cliqueta de nouveau.

Cette fois, elle l'ouvrit légèrement.

À l'intérieur, le dispositif pulsait d'une lumière plus intense. Il ne se contentait plus de lire la ville. Il y répondait.

Elle referma aussitôt et jeta un regard vers le marché, où les lampes brillaient encore, où les voix montaient, où le monde continuait d'échanger des choses ordinaires dans une clarté presque irréelle.

Odeur. Mémoire. Découverte.

Paris la guidait par les sens, parce que la logique seule l'aurait poussée à partir.

La ruelle se chargea soudain d'une odeur de métal et de chaleur.

Il était temps de cesser de suivre des traces.

Il était temps d'ouvrir la mallette.

---

## Chapitre 5 : Le dispositif

La ruelle était vide, sauf de lumière.

Pas seulement celle du soleil, bien qu'elle filtrât entre les bâtiments, dorant la pierre et accentuant les arêtes des encadrements. Cette lumière-là était concentrée, tournée vers l'intérieur, en attente. Elle semblait se rassembler autour de la mallette avant même qu'elle ne s'agenouille pour l'ouvrir.

Elle posa la mallette sur les pavés. Puis inspira lentement.

Le cuir grinça doucement sous ses mains. Un instant, elle ne fit rien, écoutant le marché derrière elle : un éclat de rire, des roues sur la pierre, l'appel bas d'un vendeur, une lame contre une planche de bois. La vie réelle. Un bruit d'ancrage. Le genre de son auquel on peut se raccrocher lorsque le monde commence à glisser.

Puis elle ouvrit la mallette.

La lueur jaillit aussitôt.

Elle éclaira ses mains, la doublure sombre, les manches de son manteau et les murs bas de la ruelle étroite. Le dispositif semblait plus lumineux qu'il n'aurait dû l'être en plein jour, comme si sa lumière appartenait à un registre différent. En son centre brûlait un noyau blanc et or. Autour, des arcs métalliques pivotaient par fractions, s'ajustant à une géométrie invisible. De fins canaux de lumière parcouraient les gravures de sa surface.

Elle en avait construit certaines parties.

C'était la vérité la plus difficile.

Pas tout. Jamais tout. Le dispositif lui était parvenu incomplet, transmis à travers différentes versions d'elle-même et d'autres encore. Mais certaines modifications, les stabilisateurs, les verrous de séquence, les amortisseurs d'urgence… ceux-là étaient les siens. À un moment donné, elle n'avait plus été seulement utilisatrice, mais aussi l'une de ses conceptrices.

Le noyau s'intensifia.

Une série de symboles apparut dans l'air au-dessus, non comme un hologramme mais comme une déformation. Elle reconnut immédiatement un indicateur : chevauchement temporel local. Puis un autre : probabilité de récurrence. Puis un troisième qu'elle détestait voir apparaître—ambiguïté d'identité.

« Non », murmura-t-elle.

La machine ne se souciait pas d'elle.

Elle pulsa de nouveau, et un faisceau étroit glissa sur les pavés comme une géométrie liquide. Les pierres frémirent. Pendant un instant, la ruelle contint trois matins superposés : celui-ci, calme et lumineux ; un autre plus sombre et humide ; un troisième, dense et sans ombre. Puis tout se rétracta en un seul.

Elle ferma les yeux.

« Dis-moi où », dit-elle.

Le dispositif répondit à sa manière. Il projeta une séquence d'images : une table au bord de l'eau, un pont éclairé de lampes, une structure de fer au-dessus, des marches qui montent, un ciel embrasé d'orange au-dessus de la ville.

Le même trajet, désormais plus clair.

La machine n'offrait pas de choix. Elle confirmait une nécessité.

Elle baissa les yeux vers ses mains dans la lueur. Elles étaient stables, non parce qu'elle était calme, mais parce que la peur avait franchi le seuil de la familiarité. Il y avait presque un réconfort dans la clarté implacable du dispositif. La technologie, aussi étrange soit-elle, obéissait à des schémas. Les gens mentent. La mémoire ment. Le reflet ment. Mais les systèmes se révèlent par leur réponse.

Elle toucha l'anneau externe et ajusta le seuil de confinement.

Le noyau s'atténua légèrement, assez pour cesser de déverser sa lumière sur la ruelle. Sa respiration se calma. Les murs proches retrouvèrent leur ombre ordinaire. À l'entrée de la rue, un passant passa sans jeter un regard.

Bien.

Paris était instable, mais elle demeurait, jusqu'ici, discrète.

Elle examina le dispositif de plus près. Sur un segment inférieur, là où le métal rencontrait une bande d'alliage sombre, de nouvelles marques apparaissaient, qu'elle ne reconnaissait pas. Pas des dommages—une inscription. De minuscules entailles gravées à la main.

Elle souleva la machine vers la lumière.

Trois mots.

Pas la première.

Son estomac se contracta.

La double, encore. Ou quelque chose après elle. Une version future, ou alternative, avait déjà manipulé ce dispositif après la scission et laissé un avertissement dans le métal.

Pas la première quoi ?

Pas la première version ?

Pas le premier chemin ?

Pas le premier choix ?

Une impulsion du noyau interrompit sa pensée. Les images se répétèrent : rivière, pont, tour, ascension, crépuscule.

La pression de séquence augmentait. Attendre aggraverait le chevauchement.

Elle reposa le dispositif dans la mallette, mais avant de la refermer, elle le contempla encore un instant. Il était complexe, technologique, d'une intensité contenue. Ni théâtral. Ni magique au sens sentimental. Il possédait le réalisme concret d'un objet conçu—un objet qui transgressait pourtant les catégories par lesquelles la vie ordinaire se protège.

Puis elle referma la mallette et se releva.

Au bout de la ruelle, au-delà des toits du marché, le ciel commençait à basculer vers l'après-midi.

Le chemin menait vers la Seine.

Et ce qui avait inscrit—

« Pas la première »—

l'attendait plus loin.

---

# Chapitre 6 : Dîner sur la Seine

Lorsqu'elle atteignit le fleuve, Paris s'était adoucie.

Le jour cédait lentement à la tombée du soir, dans des teintes mesurées. La Seine portait la lumière en rubans brisés, l'or et l'ambre glissant sur l'eau sombre. Le long d'un quai plus calme, une table élégante avait été dressée près de la balustrade, sa nappe blanche frôlée par le vent, sa bougie allumée malgré la clarté persistante du ciel. Les verres captaient les derniers reflets. De l'autre côté, encadrée par les ponts et les toits, la tour Eiffel se tenait avec une assurance presque insoutenable.

Elle s'arrêta près de la table et la contempla comme si elle pouvait disparaître.

Il n'y avait qu'un seul couvert.

Un repas l'attendait—simple, raffiné, intact. Du pain, une assiette encore tiède d'une cuisine proche, un verre de vin à moitié rempli reflétant le ciel. Ni mot, ni carte. Aucun signe visible d'invitation, sinon l'évidence impossible que tout cela lui était destiné.

La mallette dans sa main lui parut soudain plus lourde que de toute la journée.

Elle la posa à côté de la chaise sans s'asseoir encore.

Le fleuve sentait la pierre, l'eau, le métal qui refroidit, et les cuisines lointaines. Un trafic discret murmurait sur les ponts. Quelque part, un couple riait. Un bateau glissait bas sur l'eau, laissant derrière lui un fil de conversations étouffées et de ronronnement mécanique. Tout aurait pu appartenir à une soirée ordinaire à Paris, si ce n'était la précision avec laquelle la scène correspondait à la séquence projetée par le dispositif.

Quelqu'un avait organisé cela.

Ou une version d'elle-même.

Enfin, elle tira la chaise et s'assit.

La flamme de la bougie plia sous le vent, puis se redressa. La ville de l'autre côté semblait suspendue entre jour et nuit, ses fenêtres pas encore pleinement éclairées, ses façades retenant les derniers restes du soleil couchant. Elle rompit un morceau de pain et comprit qu'elle avait plus faim qu'elle ne se l'était permis.

La première bouchée fut presque douloureuse dans sa normalité.

Pendant quelques minutes, elle ne fit que manger lentement et regarder le fleuve. Le simple fait de se nourrir, tandis que la tour brillait au loin, l'ancrait davantage que toute logique n'avait réussi à le faire jusque-là. Elle avait traversé des années, des identités, des lieux instables, et pourtant le corps réclamait toujours les mêmes choses : chaleur, nourriture, souffle, une chaise, un horizon.

Intime. Solitaire. Contemplatif.

L'atmosphère du soir ne la calmait pas autant qu'elle ouvrait un espace où la peur pouvait être observée plutôt que suivie.

Elle glissa la main dans la poche de son manteau et en sortit le carnet. Entre deux pages, elle trouva quelque chose qu'elle n'y avait pas mis.

Un reçu de restaurant.

Aucune date. Aucun nom. Seulement une phrase manuscrite au dos :

Mange avant le pont. Tu devras te souvenir de tes propres mains.

Elle la lut deux fois.

Puis elle tendit ses mains devant la lumière de la bougie.

Elles semblaient être les siennes. Fines cicatrices aux jointures. Une tache d'encre près du pouce. Une brûlure ancienne, pâle. Familières. Pourtant, après la double sur l'esplanade et le message sur le dispositif, même sa propre peau ressemblait à une preuve à examiner.

Elle les abaissa lentement.

De l'autre côté du fleuve, les premières lumières de la tour apparurent.

Belles, lointaines, et fatales dans leur immobilité.

Quelque chose bougea dans le reflet de son verre de vin. Elle le fit pivoter légèrement. Pendant un battement, elle ne vit plus la table ni le fleuve derrière elle, mais un autre angle : la même table, la même bougie, le même couvert… occupé cette fois. Une femme en manteau sombre était assise en face d'elle, silencieuse. Puis la surface trembla et ne montra plus que l'eau.

Elle ne sursauta pas. Elle avait dépassé ce stade.

Elle porta simplement le verre à ses lèvres.

« Pas la première », murmura-t-elle.

La phrase ne lui semblait plus abstraite. Elle commençait à comprendre. Ce chemin avait déjà été emprunté, peut-être plus d'une fois. Le repas préparé, les notes, les avertissements… tout suggérait une chaîne de soi, se laissant des ressources à travers une séquence instable. Elle n'improvisait pas. Elle héritait.

Cette idée aurait dû l'effrayer davantage.

Au lieu de cela, elle lui apporta un étrange réconfort.

Quoi qu'il l'attende sur le pont et dans la tour, elle ne serait pas la première à y faire face. D'autres—d'autres elle-même—avaient porté cette mallette dans cette même lumière du soir et avaient choisi de continuer.

Elle se leva, laissant le verre à moitié plein.

La flamme de la bougie vacilla violemment une fois, alors que l'air s'était calmé.

Sur le fleuve, la lumière réfléchie frissonna en une ligne pointant vers l'un des ponts en aval.

Elle referma le carnet, prit la mallette et s'éloigna de la table.

La pause était terminée.

La nuit arrivait.

---

# Chapitre 7 : Le pont

Le pont s'élevait dans le soir comme une phrase à demi oubliée.

Orné sans être fragile, il appartenait à une époque où l'utilité acceptait encore de se parer de sculpture. Des lampadaires décoratifs en jalonnaient la longueur, déjà allumés, diffusant une chaleur douce contre le bleu profond du début de nuit. Sous ses pas, le pavé retenait un éclat d'humidité ancienne, assez pour capter les reflets des lampes et du fleuve. Sur l'eau, la ville se fragmentait en lignes d'or tremblantes.

Elle posa le pied sur le pont et sentit immédiatement qu'elle entrait dans une zone de transition.

Les ponts étaient toujours dangereux dans les séquences instables. Non parce qu'ils reliaient des lieux, mais parce qu'ils suspendaient le voyageur entre eux. Au-dessus de l'eau, au-dessus du mouvement, au cœur d'une architecture faite pour traverser et non pour demeurer, le temps aimait se relâcher.

Elle resta au centre.

La tour Eiffel se dessinait au loin, désormais sans la douceur de l'aube ni la brume, prenant forme dans un ciel meurtri. Chaque pas vers elle semblait à la fois choisi et inévitable. Sa mallette oscillait légèrement à son côté. Les lampes s'allumaient l'une après l'autre à mesure qu'elle passait, leurs reflets tremblant sur le pavé et la rambarde.

Des silhouettes se déplaçaient autour d'elle, mais par fragments seulement. Un couple appuyé contre le parapet. Un coureur traversant rapidement. Deux touristes comparant des photos. Leurs voix lui parvenaient avec un léger retard, comme si le son lui-même hésitait entre plusieurs versions du pont.

Puis les décalages commencèrent.

D'abord, presque imperceptibles. Le bruit de ses pas se répéta. Son ombre retarda d'un demi-pas. Une lampe sembla vaciller hors du rythme des autres. Elle s'arrêta. La ville aussi—un instant trop bref pour être perçu.

Lorsqu'elle reprit sa marche, elle vit une silhouette à mi-chemin du pont.

Une femme en manteau sombre.

Évidemment.

Cette fois, la double n'était pas entièrement translucide. Suffisamment réelle pour projeter une ombre partielle sous les lampes, suffisamment irréelle pour que la rambarde se devine à travers une épaule. Elle restait immobile, tournée non vers la tour mais vers le fleuve.

La voyageuse ne s'approcha pas immédiatement.

La double leva une main et traça une ligne dans l'air au-dessus de l'eau, comme si elle suivait un courant invisible. Puis, sans se retourner :

« Tu as attendu trop longtemps dans la chambre. »

La voix était la sienne. Plus grave peut-être. Plus lasse.

La gorge de la voyageuse se serra.

« Laquelle es-tu ? »

« Une mauvaise question. »

La double se tourna enfin.

Son visage était plus net à présent. Les mêmes traits. La même bouche. Les mêmes yeux, assombris par un savoir que la voyageuse n'avait pas encore acquis. La pluie avait assombri son manteau, comme si elle appartenait à une autre soirée.

« Es-tu en avance sur moi ? »

« Pas de la manière que tu espères. »

Les lampes bourdonnaient doucement. Sur le fleuve, un bateau passa sous le pont, emportant une bande de lumière mouvante dans l'obscurité.

« Que signifie "Pas la première" ? »

Un léger sourire sans joie traversa le visage de la double.

« Cela signifie que tu poses encore des questions singulières. »

L'air se courba entre elles.

Un instant, le pont se démultiplia—trois rambardes, trois rangées de lampes, trois versions de la femme se faisant face sous des ciels différents. L'une sans vent, l'autre sous la pluie, la troisième encore baignée de soleil couchant. Puis tout se résorba.

« Écoute bien, dit la double. La tour n'est pas le portail. C'est l'instrument. Le sommet n'est que l'endroit où le motif devient visible. »

« Visible pour qui ? »

« Pour celle qui restera suffisamment cohérente pour le voir. »

La réponse ne s'ancrerait nulle part.

« Et si je faisais demi-tour ? »

La double regarda au-delà d'elle, vers la ville derrière.

« Tu ne le feras pas. Tu crois que cela produirait de la sécurité parce que tu crois encore que la séquence est linéaire. »

Un frisson parcourut le pavé. Pas un tremblement de terre. Plutôt une image sautée dans le monde.

La double s'approcha. L'air se refroidit autour d'elle.

« À l'intérieur de la tour, dit-elle, on t'offrira une reconnaissance. Ne confonds pas reconnaissance et vérité. »

« Pourquoi m'aider ? »

La question sembla atteindre quelque chose de plus profond. L'expression de la double changea, laissant apparaître, un instant, une douleur si vive qu'elle la rendit plus réelle que tout le reste sur le pont.

« Parce que l'une de nous doit arriver avant d'oublier pourquoi nous sommes venues. »

Puis elle sortit de sa poche un petit objet : une clé de métal noirci, étroite, ancienne, sans mécanisme apparent. Elle la posa sur le parapet entre elles.

La voyageuse fit un pas.

Un klaxon résonna sur la rive opposée. Quelqu'un rit derrière elle. Le pont vacilla.

Lorsqu'elle atteignit le parapet, la double avait disparu.

Seule la clé demeurait, froide sous ses doigts.

Elle la ramassa et referma la main dessus. La lampe la plus proche s'intensifia brusquement, puis se stabilisa. L'eau coulait en dessous. La ville respirait. La tour attendait.

Transitionnelle. Réfléchie. Discrètement dramatique.

Elle glissa la clé dans sa poche et poursuivit sa marche.

---

# Chapitre 8 : À l'intérieur de la tour

La tour transforma tout dès qu'elle y entra.

De l'extérieur, elle était symbole, ligne d'horizon, destination. À l'intérieur, elle devenait structure… une trame de fer qui s'élève et se croise avec une complexité disciplinée, des poutres s'intersectant selon des motifs à la fois calculés et étrangement organiques. Elle se tenait sur une plateforme élevée au cœur de cette trame et regardait Paris à travers une géométrie de métal sombre et de lumière déclinante.

La ville s'étendait en contrebas dans une brume douce.

Toits, boulevards, fleuve, ponts, fenêtres, mouvement… tout paraissait soudain plus petit, comme si l'entrée dans la tour avait modifié non seulement la hauteur, mais l'échelle même de la pensée. Le vent circulait dans la structure avec un murmure continu. La lumière du soleil filtrait entre les poutres en bandes d'or inclinées. La mallette dans sa main n'avait plus rien d'un bagage : elle ressemblait à un instrument transporté vers la chambre qui lui était destinée.

En attente. Élevé. Cinématographique.

Elle comprit aussitôt pourquoi la double sur le pont avait parlé d'un instrument.

La tour résonnait.

Pas de manière audible, pas selon une logique familière. Mais l'ensemble de la structure portait un champ, vaste et discret, comme si chaque rivet et chaque poutre participaient à un motif stable qui dépassait l'architecture. Son dispositif réagit immédiatement. Même fermé, il vibrait contre sa jambe avec une régularité constante.

Elle s'avança davantage sur la plateforme.

Les touristes restaient ailleurs, dispersés, riant, photographiant la ville. Pourtant, autour d'elle, un cercle de retrait semblait s'être formé, une légère déviation qui empêchait quiconque de s'approcher trop près. Paris elle-même, ou la machine, ou l'instabilité entre les deux, semblait tirer un voile sur sa progression.

Elle posa la mallette sur une arête métallique et l'ouvrit.

Le dispositif s'illumina avec une telle intensité que les poutres proches captèrent des reflets pâles. Les symboles projetés tournoyaient plus vite, cessant d'être des marqueurs isolés pour devenir des séquences imbriquées. Une carte se forma dans l'air—non des rues, mais des intervalles. Points de retour. Nœuds de décision. Convergences. Elle vit la place, la chambre d'hôtel, l'allée du marché, la table au bord du fleuve, le pont. Non comme des souvenirs, mais comme des coordonnées actives dans un système de récurrence.

Puis un nouveau marqueur apparut au-dessus du noyau :

ACCÈS REQUIERT CLÉ

Elle s'immobilisa.

Avec précaution, elle sortit de sa poche la clé noircie trouvée sur le pont. Elle paraissait plus ancienne ici, comme si le fer autour d'elle lui donnait un contexte. Sa surface portait de fines gravures similaires à celles du dispositif, presque effacées par l'usage.

D'autres étaient donc arrivées jusque-là.

Pas la première.

Elle inséra la clé dans une fente étroite sur le côté du dispositif, là où, un instant plus tôt, aucune serrure n'était visible. Elle s'ajusta parfaitement.

Le noyau s'embrasa.

Un instant, la ville au-delà des poutres se dédoubla. Deux Parises se superposèrent : l'une dans la lumière chaude du soir, l'autre sous un ciel d'orage. Dans l'une, la Seine reflétait l'or ; dans l'autre, l'éclair. Les silhouettes sur la plateforme inférieure glissèrent entre plusieurs positions. Un enfant devint un vieil homme puis redevint enfant en un battement. Le métal autour d'elle vibra, non de contrainte, mais de résonance amplifiée.

Le dispositif se déploya par fractions.

Pas mécaniquement. Plutôt comme si une reconnaissance révélait une architecture cachée. Un anneau central s'éleva. Des bras internes s'ouvrirent. De nouveaux canaux de lumière apparurent. La carte projetée se resserra en une séquence verticale.

Vers le haut.

Évidemment.

Elle leva les yeux vers les escaliers supérieurs.

La tour ne voulait pas d'elle sur cette plateforme. Ce n'était que la première chambre. Un seuil avant l'ascension.

Dans le reflet d'un panneau de métal sombre, elle se vit… et derrière cette image, fugitivement, plusieurs autres : cols de manteaux différents, longueurs de cheveux altérées, expressions durcies, effrayées, déterminées. Elles disparurent lorsqu'elle tourna la tête.

La reconnaissance n'est pas la vérité.

L’avertissement tenait.

Elle referma la mallette, la clé toujours engagée dans le dispositif, et s’appuya un instant à la rambarde. En bas, Paris brillait dans la lumière déclinante. Au-dessus, les escaliers intérieurs montaient à travers les ombres de fer vers les niveaux supérieurs, où le ciel s’ouvrirait davantage et où la séquence se resserrerait.

Quoi que fasse la tour, elle était en train de focaliser.

Elle jeta un dernier regard sur la ville, puis se tourna vers les escaliers.

Elle inspira profondément, avec intention.

L’ascension avait commencé.

---

# Chapitre 9 : L'ascension

Les escaliers se resserraient à mesure qu'ils montaient.

Des poutres de fer se croisaient autour d'elle en motifs de plus en plus denses, projetant des bandes de lumière dorée et d'ombre sur les marches. Chaque palier s'ouvrait brièvement sur l'air et la ville avant de se refermer vers l'intérieur. Avec la hauteur, la géométrie de la tour devenait plus intime—moins une architecture qu'un intérieur mécanique capable d'engloutir un être humain.

Elle montait régulièrement, une main sur la rampe, la mallette dans l'autre.

Sa respiration se fit plus profonde. Le dispositif à l'intérieur pulsait selon un rythme discret, non calé sur son cœur mais sur quelque chose d'extérieur : la structure, l'altitude, la convergence qui approchait. Tous les quelques pas, elle percevait une légère résistance dans l'air, comme si l'ascension exigeait de franchir des membranes invisibles.

Déterminée. En mouvement vers le haut. Sous tension.

Les escaliers semblaient plus longs qu'ils n'auraient dû l'être.

C'était le premier signe.

Le second était la lumière.

Le coucher du soleil aurait dû s'effacer. Au lieu de cela, il persistait, se répétant avec de légères variations à chaque palier. Un niveau baignait dans l'ambre. Le suivant virait presque au rouge. Le suivant revenait à un or plus doux. Elle jeta un regard en arrière une seule fois et vit non pas un seul escalier, mais trois séquences descendantes superposées, chacune correspondant à une heure différente.

Elle ne regarda plus en bas.

Au palier suivant, elle découvrit une inscription gravée dans la rampe de fer.

Ni polie. Ni décorative. Urgente.

Continue de monter. La pause est le piège.

Elle effleura les lettres du bout des doigts. Suffisamment récentes pour accrocher la peau. Une autre version d'elle-même avait laissé cela ici. La chaîne des transmissions continuait vers le haut.

La tour vibrait faiblement autour d'elle.

Une rafale de vent traversa la structure et apporta une odeur de pluie, bien que le ciel au-dessus restât clair. Puis une autre odeur se mêla à la première : oranges, pain, fleurs. Le marché. La ville montait avec elle, ou bien elle traversait ses couches conservées.

À mi-hauteur de la volée suivante, elle entendit des pas au-dessus.

Elle se figea.

Les pas continuèrent quelques instants, descendant vers elle avec une régularité implacable. Puis ils s'arrêtèrent juste au-delà de la courbe de l'escalier, hors de sa vue.

« Es-tu cohérente ? » appela une voix.

Sa propre voix. Ou presque.

« À peu près », répondit-elle.

Un bref rire, sec et fatigué.

« C'est mieux que certaines d'entre nous. »

La silhouette apparut sur le palier supérieur.

Cette double était la plus nette jusqu'ici. Presque entièrement solide. Le manteau déchiré à une manche. Les cheveux attachés plutôt que libres. Le visage pâle, marqué par l'effort. Elle ne tenait aucune mallette.

« Où est la tienne ? » demanda la voyageuse avant de pouvoir s'en empêcher.

L'autre la fixa avec une intensité plate.

« Ouverte trop tôt. »

Cette réponse contenait une catastrophe entière.

La double descendit d'une marche supplémentaire, restant au-dessus d'elle, comme si partager le même niveau était impossible.

« Tu es proche, dit-elle. Ce qui signifie que la tour va commencer à te proposer des versions qui paraîtront clémentes. »

« Des versions de quoi ? »

« De conclusion. »

La voyageuse resserra sa prise sur la mallette.

« Tu me préviens sans m'expliquer. »

« Parce que l'explication modifie la sélection. » L'autre jeta un regard vers le haut. « Et parce que certaines choses ne se comprennent qu'à la hauteur où elles deviennent inévitables. »

Le dispositif pulsa si fortement qu'il fit vibrer la rampe métallique.

La double le regarda avec quelque chose qui ressemblait à de la haine.

« Écoute attentivement. En haut, tu pourrais voir une femme face à l'horizon. Ne suppose pas qu'elle t'attend. »

La voyageuse la fixa.

« Qui est-elle ? »

L'expression de l'autre s'adoucit, d'une manière plus inquiétante que la dureté.

« Quelqu'un qui est arrivé avant. »

Avant qu'une autre question ne naisse, l'escalier vacilla.

La double se fragmenta en plusieurs positions : l'une tombant à genoux, l'autre se détournant, l'autre tendant la main comme pour la tirer vers le haut, l'autre déjà absente. Puis toutes s'éteignirent d'un coup.

Il ne resta que les marches vides.

La voyageuse resta immobile.

La tour n'était plus seulement instable. Elle était peuplée.

Elle reprit son ascension.

Vers le haut, à travers les poutres de fer et les couchers de soleil répétés. Vers le haut, à travers les avertissements. Vers le haut, à travers des versions d'elle-même qui avaient échoué, divergé, ou peut-être réussi d'une manière qu'elle ne pouvait encore reconnaître. Ses muscles commencèrent à brûler. La sueur refroidit dans sa nuque. La ville s'ouvrait davantage à chaque niveau, devenant moins un lieu qu'une carte lumineuse de conséquences.

Au dernier tournant intérieur avant le sommet, elle trouva un ultime message gravé dans le mur.

Plus petit que les autres. Plus difficile à lire.

Souviens-toi pourquoi tu es venue avant de voir qui est restée.

Elle posa une main contre le fer et ferma les yeux.

Pourquoi était-elle venue ?

Pas seulement pour survivre. Pas seulement pour suivre des anomalies. Pas seulement pour comprendre les doubles et les avertissements. Sous tout cela, il y avait eu une première intention. Une intention vraie. Empêcher une fracture, peut-être. Ou en refermer une. Ou atteindre un point dans la séquence avant qu'il ne se fige.

Elle rouvrit les yeux.

Au-dessus d'elle, les dernières marches montaient vers une lumière orangée.

Elle s'éleva vers elle.

---

## Chapitre 10 : Crépuscule (pré-portail)

Au sommet, Paris devenait horizon.

Elle déboucha à l'air libre et s'arrêta.

Le ciel au-dessus de la ville brûlait de couches d'orange et d'or profond, la dernière pleine lumière du jour se répandant sur les toits et les avenues lointaines avant de céder à la nuit. À cette hauteur, la ville semblait se dissoudre doucement dans l'atmosphère, ses contours adoucis par la distance et la chaleur. Le vent était plus froid ici. Plus pur. Il glissait contre son manteau et soulevait quelques mèches de cheveux.

Elle se tenait au sommet de la tour Eiffel, la mallette à la main, et regardait au loin.

Pendant un long moment, il n'y eut que la beauté.

C'était aussi une part du piège.

Après la compression des escaliers, du fer et des avertissements, l'ouverture au sommet ressemblait à une libération. Calme. Étendue. Émotionnelle d'une manière qui contournait la raison. Le monde en bas ne paraissait plus menaçant. Il semblait achevé. La Seine serpentait comme un métal poli. Les ponts reliaient ombre et lumière. Les bâtiments retenaient le dernier feu du jour sur leurs arêtes. Il aurait été facile—terriblement facile—de croire qu'on pouvait simplement rester là et laisser l'heure se refermer.

Puis elle la vit.

Plus loin sur la plateforme, près de la rambarde où l'horizon s'ouvrait le plus largement, une silhouette solitaire se tenait tournée vers l'ouest, face à la lumière. La silhouette était sans équivoque : long manteau sombre, posture immobile, une main posée sur la barre. Pas de mallette. Aucun mouvement visible, sinon la réponse du manteau et des cheveux au vent.

Quelqu'un arrivé avant.

La voyageuse n'appela pas.

Elle s'approcha avec précaution.

Le sol sous ses pieds était solide, mais l'air autour de l'autre femme semblait moins stable. De légères distorsions s'en échappaient, courbant les lignes, adoucissant les contours. Le crépuscule autour d'elle paraissait plus intense, comme si le ciel s'était concentré en ce point.

Lorsqu'elle fut assez proche, la silhouette parla sans se retourner.

« Tu t'es souvenue du marché. »

C'était sa voix.

« Oui. »

« Et du pont ? »

« Oui. »

« De la chambre ? »

« Oui. »

Un silence.

« Bien, dit la femme à la rambarde. Alors tu es encore proche de la bonne branche. »

La voyageuse s'arrêta à quelques pas.

« Es-tu la première ? »

La femme eut un léger rire. Pas de joie. De résignation.

« Il n'y a plus de première. »

Elle se retourna.

Son visage était le sien, mais plus ancien d'une manière impossible à mesurer—plus ancien en séquence, en poids, en accumulation de conscience. La lumière du crépuscule enflammait un côté de ce visage tandis que l'autre basculait déjà dans l'ombre.

« Que se passe-t-il maintenant ? » demanda la voyageuse.

Le regard de la femme glissa vers la mallette.

« Tu l'ouvres là où le ciel et la structure se croisent. La tour amplifie. Le champ se résout. Une branche se referme. »

« Une seule branche ? »

« Une à la fois. »

Le vent tourna autour d'elles. En bas, Paris brillait et s'assombrissait dans la lente transition du soir.

La voyageuse fit un pas de plus.

« Est-ce que cela peut finir ? »

La femme regarda l'horizon.

« Tout finit. La vraie question est de savoir si cela finit par effondrement ou par choix. »

Le dispositif dans la mallette émit une tonalité montante.

Plus de temps pour les questions.

L'autre—plus ancienne, alternative, survivante—désigna un point de la plateforme où les lignes de fer encadraient une ouverture sur le ciel. La géométrie y était exacte. Choisie. Une jonction entre structure et vide.

« C'est là que je me tenais, dit-elle. »

La poitrine de la voyageuse se serra.

« Et ensuite ? »

« Et je suis toujours ici. »

La reconnaissance n'est pas la vérité.

L'avertissement revint avec une force absolue.

Elle comprit alors. Cette femme n'était ni guide ni ennemie. Elle était un résultat. Une conséquence possible, rendue visible, attirant le présent vers la répétition par la seule autorité de sa survie.

« Pourquoi rester ? » demanda la voyageuse.

La femme ferma brièvement les yeux avant de répondre.

« Parce que partir exigeait de se souvenir de plus que ce que je pouvais supporter. »

Cette vérité la traversa plus violemment qu'une menace.

Le crépuscule s'intensifia. Les nuages au-dessus de Paris prirent feu sur leurs contours. La ville semblait suspendue sous le ciel. Émotionnelle. Réfléchie. En attente. Chaque promesse visuelle de transition se précisa à la fois.

La mallette cliqueta.

Elle se déplaça jusqu'au point marqué entre fer et horizon et la posa. Ses mains tremblaient maintenant, non d'incertitude, mais de proximité. Le chemin s'était resserré jusqu'à cet instant : non seulement ouvrir la mallette, mais décider si elle accepterait la reconnaissance offerte par la femme derrière elle ou si elle ferait confiance aux avertissements laissés par d'autres versions d'elle-même.

Elle ouvrit la mallette.

La lumière jaillit.

Ni violente. Ni explosive. Blanche et dorée, dense à l'impossible, illuminant son visage, son manteau, le métal autour d'elle, le vent lui-même. Le dispositif se déploya entièrement pour la première fois, anneaux s'élevant, structures internes s'alignant, la clé brûlant sombre en son centre. L'air se courba. La ville en dessous se brouilla. Le ciel devant elle sembla se contracter vers un point encore invisible.

Derrière elle, l'autre murmura :

« Tu as encore le temps de t'arrêter. »

La voyageuse fixa la lumière en formation.

Puis elle se souvint de la phrase gravée dans l'escalier.

Souviens-toi pourquoi tu es venue avant de voir qui est restée.

Elle n'avait pas traversé les années, les fractures et la mémoire pour préserver une version épuisée d'elle-même dans un crépuscule éternel. Elle était venue choisir le mouvement plutôt que l'immobilité. La clôture plutôt que la répétition. La vérité plutôt que la reconnaissance.

L'air devant elle ondula.

Une forme commença à émerger dans la lumière… pas encore une porte, pas encore une brèche, mais le premier tracé d'un passage.

La ville disparut dans l'éclat aux marges.

Le vent déchira la plateforme. Le fer vibra. La femme derrière elle cria quelque chose qu'elle n'entendit pas.

Et debout au sommet de la tour, suspendue entre la dernière lumière de Paris et la première ouverture d'ailleurs, la voyageuse prit une ultime inspiration et s'avança vers le seuil.

---

# Chapitre 11 : L'ouverture

Le seuil ne s'ouvrit pas comme une porte.
Il s'assembla.

La lumière se replia sur elle-même, couche après couche, jusqu'à ce que l'éclat devant elle devienne structure plutôt qu'éblouissement. L'air se contracta. L'armature de fer de la tour résonna d'un tremblement harmonique grave qui remonta par les semelles de ses bottes jusqu'à sa colonne vertébrale. Le dispositif dans la mallette brillait avec une telle intensité que ses arcs métalliques disparaissaient dans leur propre rayonnement, ne laissant que l'impression d'une géométrie résistant à une pression impossible.

Elle fit un pas en avant.

Le passage en formation semblait d'abord mince, presque aussi fin qu'une vitre. Puis la profondeur surgit d'un coup. Non pas visible—ressentie. Une distance dissimulée dans une surface. Un corridor comprimé en une vibration verticale à peine plus large que ses épaules. Ses contours oscillaient entre netteté et instabilité liquide. À l'intérieur, les couleurs changeaient trop vite pour être nommées : argent, ambre, bleu-blanc, un violet meurtri, puis une teinte semblable à une pellicule ancienne exposée au soleil.

Derrière elle, l'autre femme parla à nouveau, mais les mots se déformèrent.

« Tu ne sais pas… »

Le reste fut englouti par la résonance montante.

La voyageuse garda les yeux fixés sur l'ouverture.

La ville en dessous commençait à se brouiller sur les bords, Paris se dissolvant non par destruction mais par concurrence de versions. Une ligne d'horizon, puis deux, puis plusieurs, chacune décalée par de légères variations d'histoire et de climat. Dans l'une, la pluie tombait sur le fleuve. Dans une autre, le ciel brûlait plus rouge. Dans une autre encore, les lumières de la tour s'étaient déjà allumées alors que le soleil persistait à l'horizon. La plateforme sous ses pieds restait stable, uniquement parce que le dispositif la maintenait ainsi.

Elle comprit alors, avec une clarté brutale, que si elle ne bougeait pas rapidement, la tour elle-même deviendrait une chambre de versions non résolues. Un lieu où aucune branche ne pourrait se décider à continuer.

La femme derrière elle cria :
« Si tu passes là, tu ne reviendras peut-être pas comme celle qui est partie. »

À cela, la voyageuse faillit se retourner.

Faillit.

Au lieu de cela, elle répondit, sans regarder en arrière :
« Peut-être que cela n'a jamais été possible. »

La vérité de cette phrase la surprit.

Elle leva la mallette.

Le dispositif réagit aussitôt. L'ouverture s'élargit légèrement. Le vent s'y engouffra, emportant avec lui des fragments de Paris : l'odeur de la pierre humide, du pain chaud, du fer ancien, des oranges, de la fumée de bougie, une pluie encore à venir. Les sons de la ville s'étirèrent en fils ténus aspirés vers la lumière.

Au bord du seuil, son manteau commença à vibrer.

Pas disparaître. Se traduire.

Le tissu de sa manche montrait trois textures à la fois : laine sèche, laine humide, étoffe brûlée. Sa main sur la poignée de la mallette se dédoubla un instant, puis se recomposa. La peur arriva alors—non une abstraction, mais la peur brute, animale, d'entrer dans quelque chose dont aucun instinct ne pouvait garantir le retour.

Elle serra les dents.

Et franchit le seuil.

Le monde ne disparut pas.

Il se retourna.

Il n'y eut ni chute ni envol. Seulement une réorganisation. La lumière devint direction. Le son devint relief. La mémoire devint climat. Elle traversait un corridor d'instants superposés, chacun pressant contre elle comme pour être reconnu. Un quai de gare sous la neige. Une chambre aux rideaux bleus. La main d'un enfant tendue vers un cadran solaire. Une fenêtre de laboratoire la nuit. Un champ d'herbes mortes sous des pylônes. Un couloir d'hôpital. Un pont qu'elle n'avait jamais traversé. Une côte inconnue. Des visages levés vers elle, familiers ou impossibles.

Ce ne sont pas des souvenirs, comprit-elle.

Des branches.

Le passage accéléra.

La mallette brûlait de froid dans sa main. Le dispositif pulsait avec force, imposant une cohérence à la séquence. Sans lui, elle se serait dissoute dans le corridor comme un souffle dans l'air hivernal. Grâce à lui, elle conservait une forme—à peine. La pression sur son corps devint immense, non écrasante, mais interprétative, comme si le passage la lisait pour vérifier sa cohérence.

Alors, devant elle, une obscurité apparut.

Non pas une absence. Une destination.

Elle s'y inclina instinctivement. Le corridor se resserra, vibra dans des fréquences qu'elle ressentit dans ses dents. Les images autour d'elle tournoyaient plus vite. Une séquence accrocha son regard un instant de trop : elle-même au sommet de la tour, plus âgée, immobile, tournée vers le crépuscule pour toujours. Une autre sur le pont sous la pluie, manteau déchiré, les mains vides. Une autre assise à la table au bord du fleuve, face à elle-même. Une autre encore, étendue, blessée, dans une chambre aux rideaux de velours. Une autre riant dans une ville inconnue.

Le passage exigeait un choix.

« Non », murmura-t-elle entre ses dents.

Le dispositif s'embrasa.

Pendant un instant brutal, elle comprit. La machine ne faisait pas que la transporter. Elle contraignait une branche à rester active assez longtemps pour choisir. Non la plus sûre. Non la plus heureuse. La plus cohérente. Celle qui refusait le plus de se dissoudre dans la répétition.

L'obscurité s'ouvrit.

Pierre.
Air.
Nuit.

Elle trébucha en avant et heurta le sol, un genou et une main en premier. La mallette tomba à côté d'elle. La lumière derrière elle se contracta violemment, se refermant dans un bruit semblable à mille pages tournées à la fois.

Puis le silence.

Pas un silence absolu. Un vrai silence. Extérieur. Le vent sur la pierre. Un goutte-à-goutte lointain. Peut-être de l'eau. Peut-être une machine.

Elle resta là, une paume contre la surface froide, respirant difficilement.

Le passage avait disparu.

Elle releva la tête.

Ce n’était pas Paris.

---

# Chapitre 12 : Le lieu entre les horloges

Elle se trouvait dans une pièce sans âge défini.

Elle pensa d'abord être sous terre, car l'air était frais et les murs s'élevaient dans l'ombre au-delà de ce que la lumière restante pouvait atteindre. Mais l'espace était trop vaste, trop intentionnellement construit, trop vivant sur le plan acoustique pour être simplement souterrain. Sa respiration lui revenait en échos légers et décalés. La pierre sous sa main était lisse à certains endroits, rugueuse à d'autres, comme si elle avait été restaurée à travers les siècles par des mains qui n'avaient jamais tout à fait convenu de son usage.

Elle se redressa.

La mallette reposait entrouverte là où elle était tombée. À l'intérieur, le dispositif s'était atténué en une lueur pâle et épuisée. Bien. S'il avait brûlé plus fort dans cet espace clos, elle aurait craint qu'il n'en ait pas fini avec elle.

Elle se releva lentement et observa autour d'elle, sa respiration désormais volontaire et mesurée.

Une chambre circulaire se révéla peu à peu à mesure que ses yeux s'adaptaient. Les murs n'étaient pas décorés mais garnis de mécanismes—anciens, complexes, partiellement enchâssés dans la pierre. Anneaux. Rails. Contrepoids. Bras articulés. Certains en bronze, d'autres en fer noir, d'autres encore en un métal pâle qu'elle ne reconnaissait pas. L'ensemble évoquait moins une ruine qu'un observatoire démonté puis reconstruit à partir de différentes époques de pensée. À intervalles réguliers, de hautes ouvertures, pas tout à fait des portes, menaient vers l'obscurité. Au-dessus, très haut, une voûte disparaissait dans l'ombre, seulement traversée de lignes suggérant des éléments en mouvement.

Puis elle l'entendit.

Le tic-tac.

Pas une horloge. Plusieurs.

Certaines rapides, d'autres lentes, certaines régulières, d'autres hésitantes. La pièce était remplie d'horloges invisibles, chacune soutenant sa propre interprétation du temps.

Elle se redressa et ajusta le col de son manteau.

La phrase lui vint sans prévenir, peut-être issue d'un souvenir, peut-être d'une déduction.

Le lieu entre les horloges.

Cela semblait absurde, et pourtant parfaitement exact.

Un faisceau étroit de lumière argentée tombait sur le sol à quelques mètres. Elle s'en approcha et découvrit qu'il ne provenait pas d'une lampe, mais d'une ouverture haute dans le mur, par laquelle la lumière de la lune entrait en biais. La poussière y dérivait comme des particules métalliques.

Lorsqu'elle y entra, quelque chose bougea au-dessus d'elle.

Un bras métallique dans la voûte pivota lentement avec un grincement mesuré. Puis un autre répondit sur sa gauche. Les mécanismes de la chambre s'éveillaient, réagissant soit à sa présence, soit au dispositif qu'elle avait apporté.

Elle s'accroupit près de la mallette et vérifia la machine.

Le noyau central brillait encore, mais faiblement. La clé était toujours en place. Autour de l'anneau intérieur, de nouveaux symboles étaient apparus—moins nombreux, plus nets, débarrassés de toute ambiguïté décorative. Une ligne se répétait en caractères dépouillés :

ANCRE LOCALISÉE

Une ancre.

Ce lieu n'était donc pas aléatoire. C'était un nœud. Une structure fixe au sein du réseau temporel que la tour avait amplifié. Peut-être pas une destination, mais une chambre de stabilisation. Un endroit où les branches convergent, se séparent ou sont mesurées.

Elle referma brusquement la mallette avant que le dispositif ne s'éveille davantage et se releva.

C'est alors qu'elle aperçut la silhouette de l'autre côté de la pièce.

Pas une double.

Pas elle-même.

Un homme se tenait dans l'une des ouvertures sombres entre les mécanismes muraux, à moitié dans l'ombre. Grand, immobile, vêtu d'un manteau trop simple pour être anodin et trop ancien pour être daté. Il n'était pas surpris de la voir. Cela, plus que son silence, fit accélérer son cœur.

Il avança jusqu'à la limite de la lumière lunaire.

Il avait peut-être quinze ans de plus qu'elle, bien que l'usure et le manque de sommeil aient pu accentuer cet écart. Son visage portait une maîtrise qui avait été autrefois une discipline et était devenue une nécessité. Dans sa main gauche, il tenait une lanterne éteinte. Dans l'autre, rien.

« Tu es passée par la tour », dit-il.

Sa voix était basse, usée, sans peur.

Elle ne répondit pas immédiatement.

Il observa la mallette, puis son visage, et acquiesça légèrement, comme s'il confirmait une configuration attendue.

« Cela signifie que Paris fonctionne encore, dit-il. À peine. »

« Qui êtes-vous ? »

Il sembla peser la quantité de vérité qu'un voyageur fraîchement arrivé pouvait supporter.

« Quelqu'un arrivé avant toi, dit-il. Et resté plus longtemps qu'il n'aurait fallu. »

Pas le premier. Encore.

« Où sommes-nous ? »

Il leva les yeux vers les horloges invisibles.

« Une ancre de transit. L'une des anciennes. Elle a porté d'autres noms selon les siècles, mais aucun n'importe vraiment. Le dernier terme utile était Meridian House (Maison Meridian). »

Maison.

Le mot ne correspondait pas à la pièce, et pourtant peut-être avait-elle autrefois dépassé ces murs, ou été comprise différemment.

« Suis-je en sécurité ici ? »

Il esquissa presque un sourire.

« Plus qu'au sommet de la tour. Moins qu'avant que tu ouvres le dispositif. »

C'était suffisamment honnête pour être crédible.

Il fit un pas vers elle.
« As-tu vu des versions de toi-même pendant le passage ? »

Elle pensa au corridor, aux branches fugitives.
« Trop. »

« Cela signifie que la fracture est plus large que je ne l'espérais. »

Il disait cela comme on observe un climat dans un pays endommagé.

Elle resserra sa main sur la mallette.
« Vous saviez que j'allais venir. »

« Je savais que quelqu'un viendrait. La machine tente depuis longtemps de livrer un voyageur cohérent. »

Voyageur. Au singulier. Assez humain pour inquiéter.

« Pourquoi ? »

L'homme la regarda avec une forme de compassion, sans condescendance.

« Parce que le réseau est en train de céder, dit-il. Et parce que, branche après branche, tu es celle qui atteint Paris avant que l'effondrement ne devienne irréversible. »

La pièce sembla se réorganiser autour d'elle. Non physiquement. Conceptuellement. Les horloges, les mécanismes, l'ancre, les avertissements des autres versions d'elle-même, le dîner au bord de la Seine… tout s'aligna légèrement.

Pas un accident. Une sélection.

Elle ne s'était pas simplement égarée dans un mystère.

Elle en était l'une des tentatives récurrentes de résolution.

L'homme leva légèrement sa lanterne.
« Tu peux poser des questions ici jusqu'à l'aube, et tu n'en comprendras toujours que les contours. Ou tu peux venir avec moi maintenant et voir la carte. »

Derrière lui, l'ouverture menait à un couloir où une lumière ambrée attendait plus loin.

Elle n'hésita qu'une seule fois.

Puis elle prit la mallette et le suivit dans Meridian House.

---

# Chapitre 13 : Meridian House (Maison Meridian)

Le couloir au-delà de la chambre était plus chaud qu'elle ne l'avait imaginé. Pas une chaleur domestique et rassurante, mais une chaleur habitée. Utilisée. L'air portait des traces mêlées d'huile, de papier, de métal, de poussière, et quelque chose de plus ancien en dessous—une pierre qui avait absorbé des siècles d'intention humaine sans jamais les restituer entièrement. Ses pas résonnaient différemment ici, étouffés par des tapis disposés à intervalles réguliers, suggérant à la fois fonctionnalité et attention.

L'homme avançait devant elle, lanterne éteinte à la main, comme s'il avait parcouru ce chemin si souvent que la lumière en était devenue superflue. Une lueur ambrée filtrait depuis des dispositifs dissimulés bas dans les murs. Certains semblaient électriques. D'autres évoquaient des lampes à gaz adaptées par des mains ultérieures. Meridian House, quoi qu'elle ait été à l'origine, n'avait pas été construite d'un seul geste. Elle avait été étendue, réparée, modifiée, préservée, abandonnée, puis reprise à travers des générations d'esprits persuadés de comprendre juste assez pour continuer.

Cela l'inquiétait davantage que des ruines.

Les ruines impliquent une fin. Ce lieu impliquait une continuité sans compréhension.

Le couloir se courba.

D'un côté, des alcôves encastrées abritaient des étagères chargées de registres, d'instruments en laiton, de cartes roulées et de boîtes étiquetées dans des écritures issues de siècles différents. De l'autre, des fenêtres étroites apparaissaient à intervalles irréguliers, mais lorsqu'elle y jetait un regard, elle n'apercevait pas l'extérieur, mais des puits intérieurs, des escaliers, des engrenages suspendus, et une fois ce qui semblait être un autre couloir, bien plus loin, croisant celui-ci à un angle impossible.

« Cet endroit ne devrait pas tenir dans cette chambre », dit-elle enfin.

« Ce n'est pas le cas », répondit l'homme.

Elle fronça les sourcils.
« Ce n'est pas une réponse. »

« C'est la meilleure disponible. »

Il continua d'avancer.

Elle aurait insisté, mais le passage s'ouvrit soudain sur une longue pièce, et toute objection s'évanouit.

Des tables en occupaient toute la longueur. Pas des tables de repas, ni des bureaux, mais des tables de travail—larges, marquées, couvertes de cartes, d'instruments, de schémas épinglés, de cylindres de verre, de carnets, de lentilles, de cadrans d'horloge sans boîtier, et de dispositifs en cours de fabrication ou d'effondrement. Des étagères grimpaient le long des murs jusqu'à une mezzanine bordée de garde-corps. Au-dessus, le plafond s'arquait en bois sombre et en nervures de fer. Des lampes suspendues projetaient des nappes dorées sur les tables centrales, laissant les hauteurs dans une ombre stratifiée.

C'était à la fois un atelier, une bibliothèque, une salle de commandement, un sanctuaire et un avertissement.

Son regard se fixa sur le mur central.

Une carte le recouvrait presque entièrement.

Pas une carte géographique, bien que des fragments de géographie y aient été contraints. Paris en occupait le cœur, dessinée et redessinée en couches transparentes superposées—plans de rues de différentes époques, tracés du fleuve modifiés, empreintes urbaines successives, phases de reconstruction, de guerre et de paix. De cette ville rayonnaient des structures ramifiées faites de lignes, de cercles, de symboles, de dates et de coordonnées reliant d'autres villes, d'autres sites, d'autres marqueurs inconnus. Certaines lignes étaient vives, tracées récemment. D'autres avaient été barrées avec violence. Quelques-unes se terminaient en zones brûlées ou noircies, où la surface avait été remplacée.

L'ensemble évoquait moins une carte qu'un système nerveux.

Elle s'arrêta.

L'homme se tourna enfin vers elle.
« Voilà pourquoi je t'ai demandé si tu voulais des questions ou la carte. La plupart pensent que les questions viennent d'abord. Ils n'y survivent pas. »

Elle ignora la remarque.

« Paris est le centre ? »

« Pas le centre. Un centre. » Il posa la lanterne sur la table la plus proche. « Un centre réactif. Un attracteur. Une ville avec suffisamment de couches historiques, d'architecture stable, de flux humain répété et de mathématiques structurelles préservées pour servir de point d'écoute dans le réseau. »

Elle regarda à nouveau le mur.

« Le réseau », murmura-t-elle.

Il acquiesça.

Elle s'approcha. Certaines lignes reliant Paris portaient des noms familiers—Prague, Vienne, Londres, Alexandrie, Kyoto, Cusco, New York.

D'autres n'étaient marquées que par des symboles. Quelques cercles autour de certaines villes portaient des annotations : instable, brûlé, silencieux, perdu, inondé, ne pas emprunter.

« C'est impossible. »

« Oui. »

« Mais réel. »

« Aussi. »

Elle suivit une branche du regard sans la toucher.
« Qu'est-ce que c'est ? »

L'homme vint se placer à côté d'elle, sans trop s'approcher.

« La réponse la plus simple et la plus fausse est que c'est un système de voyage dans le temps. »

« Et la moins fausse ? »

« Un réseau de continuité civilisationnelle. »

Elle se tourna vers lui.

Il croisa les bras.
« Ceux qui ont construit les premières parties ne pensaient pas selon nos catégories. Pas voyage temporel. Pas transport. Pas prophétie. Leur problème était la survie du savoir à travers les effondrements—feu, peste, guerre, censure, inondation, empire, oubli. Ils ont bâti des structures—architecturales, mécaniques, mathématiques—capables de préserver et de resynchroniser des séquences cohérentes de mémoire et d'action entre des périodes instables. »

Elle le fixa.

Il poursuivit :
« Les générations suivantes ont redécouvert des fragments et les ont mal utilisés. Certains ont tenté de déplacer des objets. D'autres eux-mêmes. D'autres encore d'envoyer des avertissements. La plupart comprenaient à peine le système qu'ils perturbaient. »

« Et vous ? Vous comprenez ? »

Un silence.

« Mieux que je ne le voudrais. »

Cette réponse portait le poids de la répétition.

Son regard revint à la carte. Paris au centre. Des branches s'étendant à travers les siècles et les continents. Des routes échouées. Des nœuds silencieux. Des corrections brûlées. Un effort humain superposé à un héritage incompréhensible.

« Et moi ? » demanda-t-elle.

Cette fois, l'homme ne répondit pas immédiatement. Il alla chercher un carnet sur une table, l'ouvrit à une page marquée et le lui tendit.

Sur la page, un schéma de boucles ramifiées autour du nœud parisien, annoté par plusieurs mains. Au centre, répété encore et encore, un symbole qu'elle reconnut—celui du dispositif. À côté, d'une écriture récente :

MA / candidate porteuse cohérente récurrente
Montre une rétention inhabituelle à travers les fractures de branche
Atteint systématiquement le Trocadéro avant verrou de divergence

Elle releva lentement les yeux.

« Porteuse ? »

Il soutint son regard.
« Toi. »

Sa bouche s'assécha.

« Non… j'utilise le dispositif. Je ne suis pas… »

« Tu utilises le dispositif, dit-il. Et le dispositif t'utilise. »

La pièce sembla se figer.

Il continua avec une douceur implacable :
« La plupart des voyageurs se fragmentent trop vite. Ils oublient leur objectif après une ou deux scissions. Ou s'attachent trop à la première branche qui leur ressemble et cessent d'avancer. Toi, non. À travers plusieurs échecs, tu conserves assez de cohérence pour revenir vers le nœud. Pas parfaitement. Mais suffisamment. »

La phrase du pont lui revint.

L'une de nous doit arriver avant d'oublier pourquoi nous sommes venues.

Elle posa le carnet, ses mains tremblant.

« Et Paris me choisit ? »

« Oui. »

« Pourquoi ? »

Il regarda la carte, vers la ville stratifiée en son centre.

« Parce qu'en toi résonne une séquence qui n'a pas encore été fermée. »

Elle ferma les yeux un instant, laissant les événements récents se réorganiser. Puis elle les rouvrit et fit un pas en avant.

---

# Chapitre 14 : La séquence qui refusait de se fermer

Il la conduisit dans une pièce plus petite, tapissée d'horloges.
Ni la grande chambre d'arrivée, ni la longue salle des cartes et des tables, mais un espace intérieur conçu pour la concentration plutôt que pour l'émerveillement. Ici, les horloges étaient visibles. Des dizaines. Horloges murales, pendules de voyage, régulateurs, chronomètres marins, mécanismes de montres de poche dépouillés et montés dans des cadres, balanciers suspendus dans des boîtiers ouverts, échappements battant sous verre. Aucune ne donnait le même rythme. Certaines lentes et profondes. D'autres rapides, presque insectes. L'ensemble aurait dû être chaotique.

Et pourtant, il formait un champ.

Au centre de la pièce se trouvaient une chaise unique et une table métallique fixée au sol. Sur la table reposaient trois objets : une photographie, une enveloppe scellée et un instrument en laiton semblable à une boussole repliée.

Il désigna la chaise.
« Assieds-toi. »

Elle resta debout.
« Suis-je interrogée ? »

« Non. J'essaie d'empêcher la pièce de choisir l'ordre à notre place. »

Elle s'assit.

La chaise était plus froide que l'air.

Il prit la photographie et la fit glisser vers elle.

On y voyait la tour Eiffel en construction.

Pas une image officielle. Quelque chose de plus étrange, plus intime. La tour s'élevait incomplète sous un ciel pâle. Des échafaudages temporaires l'enserraient. Des ouvriers se tenaient sur des plateformes comme des ponctuations sombres. Au premier plan, légèrement tournée, une femme en manteau long qui n'appartenait pas à ce siècle.

Même en noir et blanc, même altérée par le temps, sa silhouette la frappa comme un choc.

« Ce n'est pas possible », dit-elle.

« Non », répondit-il. « Mais c'est fréquent. »

Elle continua de fixer l'image. La posture, l'inclinaison de la tête, la mallette étroite dans une main. Pas une preuve. Plus dangereux qu'une preuve. Une suggestion.

« Qui a pris cette photo ? »

« On ne sait pas. La plaque a été trouvée dans une armoire scellée dans un nœud détruit près de Lyon. L'image ne devrait pas exister : le procédé n'était pas encore utilisé à cet endroit, et l'armoire elle-même date de décennies plus tard. »

Il poussa l'enveloppe vers elle.

Elle l'ouvrit avec précaution.

À l'intérieur, une seule feuille pliée. Deux lignes seulement, dans une écriture troublante, proche de la sienne sous tension :

Si la première séquence échoue, retourne à la tour avant son achèvement. Ne les laisse pas ancrer la branche fermée.

Elle relut.

« Avant son achèvement ? »

« La tour en construction », dit-il. « L'un des premiers événements de résonance majeurs du nœud parisien. Nous pensons que la tour n'a pas créé l'attracteur. Elle l'a formalisé. Amplifié. Rendu exploitable. »

Les horloges continuaient leur débat.

Elle replaça la feuille dans l'enveloppe.
« Qui sont 'ils' ? »

Pour la première fois, il hésita.

« Cela dépend du siècle », dit-il.

« Ce n'est pas suffisant. »

« Non. » Il inspira lentement. « Il y a toujours des gens qui veulent la continuité. Et d'autres qui veulent la contrôler. Au mieux, ces objectifs se rejoignent. Au pire, ils deviennent indiscernables jusqu'à ce qu'il soit trop tard. »

Elle se pencha en arrière.
« Tu as dit que je résonnais avec une séquence non fermée. Laquelle ? »

Il prit l'instrument en laiton et le plaça entre eux. Ses bras se déployèrent légèrement, révélant des cercles concentriques et une aiguille d'une finesse irréelle.

« Chaque nœud actif maintient des séquences ouvertes—des voies encore actives où l'information ou la correction peut circuler. Si une séquence ouverte s'effondre mal, une branche se fige. »

« Se fige en quoi ? »

« Un échec auto-cohérent. »

Elle sentit cette vérité comme quelque chose de déjà connu.

Il continua :
« La plupart des échecs sont locaux. Archives perdues. Laboratoires brûlés. Chercheurs réduits au silence. Retards. Traités manqués. Tragiques, mais limités. La séquence parisienne ne l'est pas. »

Elle observa son visage.

« Elle connecte trop de nœuds. Elle se trouve à une convergence où l'histoire, l'architecture et le mouvement humain créent une portée inhabituelle. Si la mauvaise branche s'ancre ici, tu ne perds pas une correction. Tu perds la coordination entière. »

Les horloges semblaient plus fortes.

« Effondrement », murmura-t-elle.

« Oui. »

Son cœur battait dans sa gorge.
« Donc tout cela… les doubles, les notes… c'était pour empêcher ça ? »

« De nombreuses tentatives. »

« Et elles ont échoué. »

Un silence.

« Pas toutes. Certaines ont retardé. »

Elle regarda la photo.

« Depuis combien de temps ? »

Il eut un sourire fatigué.
« Combien de temps te rassurerait ? Une vie ? Trois ? Depuis l'industrialisation ? Les Lumières ? Ou avant, quand on marquait le temps dans la pierre ? »

Elle ne répondit pas.

L'instrument cliqueta.

L'aiguille bougea.

Vers elle.

« Qu'est-ce que c'est ? »

« Un indexeur de séquence. »

« Et ? »

« Il pense que tu es plus proche de la branche originale que tous les autres depuis longtemps. »

Le poids changea.

Pas héroïque. Structurel.

« Non », dit-elle.

« Tu n'as pas besoin d'accepter. Seulement de choisir. »

Les horloges continuaient.

« Et si je refuse ? »

« Quelqu'un d'autre essaie. Ou la branche se ferme. Ou Paris devient silencieuse. Puis le reste suit. »

Elle regarda la table.

« Et les autres ? »

« Ils ont choisi de devenir des résultats. »

Le crépuscule.
Le pont.
La table.

Des refuges.

Elle ferma les yeux.

Puis les rouvrit.

« Et toi ? »

Il la regarda longuement.

« Je m'appelais Elias Vane. Et c'était moi que Paris avait choisi. »

Elle répondit doucement :

« Je suis Elara. »

---

# Chapitre 15 : Elias

Le nom se déposa dans la pièce comme une vérité trop longtemps retenue.

Elias Vane.

Il ne le prononça pas avec emphase. Aucun effet de révélation, aucune mise en scène. Juste un fait posé sur la table, entre les horloges, là où les faits résistent le mieux à toute sentimentalité. Pourtant, l'effet sur elle fut immédiat. La pièce se réorganisa autour de lui. Il n'était plus simplement l'homme de Meridian House, ni un guide, ni un gardien, ni un témoin fatigué. Il avait été soumis à la même pression de sélection qui se refermait maintenant sur elle.

« Tu as échoué », dit-elle.

Une question brutale déguisée en constat.

Il l'accepta sans se défendre.
« Pas au premier sens. C'est ce qui a rendu le second échec possible. »

Il s'éloigna de la table et s'arrêta près d'une grande horloge. Son balancier oscillait avec une amplitude étrange, trop lente pour sa taille. Il posa une main sur le bois, presque distraitement.

« J'ai atteint Paris, dit-il. Plus d'une fois. J'ai ouvert le dispositif dans la tour. J'ai traversé. J'ai gardé assez de cohérence pour comprendre la structure. J'ai tout fait correctement… jusqu'au moment où le système a exigé un coût que je pensais pouvoir différer. »

Les horloges semblaient écouter.

« Quel coût ? »

Il la regarda.
« L'engagement. »

« Ce n'est pas une réponse. »

« C'est la seule qui compte. »

Il revint face à elle.

« Tu crois que le réseau demande du courage. Il n'en demande pas. Le courage est temporaire. L'adrénaline peut l'imiter. La colère aussi. La peur aussi. Le réseau s'en moque. Ce qui l'intéresse, c'est de savoir si un voyageur continue à choisir la cohérence une fois la récompense narrative disparue. »

Elle fronça les sourcils.
« Récompense narrative ? »

« La découverte, l'urgence, le mystère… le sentiment enivrant d'être au centre de quelque chose d'immense. » Il esquissa un sourire amer. « Beaucoup peuvent survivre tant que ces sensations sont actives. Très peu survivent au travail après la révélation. »

Elle comprenait.

« Que s'est-il passé ? »

Il sortit une feuille pliée, usée par le temps, et la posa sur la table.

Un fragment de carte. Non d'un lieu. D'une séquence.

Au centre :

EV candidate
adaptabilité élevée
rétention instable après perte

Perte.

Elle leva les yeux.

« J'avais quelqu'un », dit-il. « Dans une branche, elle suffisait pour que la séquence puisse se refermer si je continuais. Dans une autre, j'ai trouvé un moyen de la maintenir ouverte plus longtemps. Je me suis dit que je gagnais du temps. Que je préservais des options. »

Il marqua une pause.

« En réalité, je refusais d'abandonner une version de l'amour. »

Elle sentit le poids de cette phrase.

« Et le réseau ? »

« Je me suis fragmenté. Paris a cessé de me sélectionner. »

Simple. Irrévocable.

« Elle a vécu ? »

Il hocha légèrement la tête.
« Dans une branche. Suffisamment longtemps pour m'apprendre ce que la préservation peut détruire quand on la confond avec la fidélité. »

Elle se leva, s'éloigna.

« Donc maintenant ? Tu me passes ce que tu n'as pas pu porter ? »

« Non. »

Il s'approcha.

« Je te dis ce que j'ai appris trop tard. À toi de décider si c'est un avertissement ou une contamination. »

Il la regarda.

« Les femmes que tu as vues… ce ne sont pas seulement des échecs. Ce sont des refuges intelligents. Des branches capables d'imiter une fin. »

« Des pièges. »

« Des miséricordes qui mordent. »

Elle serra les mâchoires.

Il continua :
« Le repos n'est pas toujours malveillant. C'est ce qui le rend dangereux. »

Le crépuscule.
Le pont.
La table.

Des refuges.

« Tu en as laissé exister », dit-elle.

« Oui. »

« Plusieurs ? »

Un silence.

« Oui. »

Elle détourna le regard.

« Paris t'a choisi… puis rejeté. »

« Oui. »

« Et moi ? »

« Tu peux aussi être rejetée. »

« Comment ? »

« En acceptant une branche qui ressemble au sens. »

Elle ferma les yeux.

Elle avait failli.

Quand elle les rouvrit, Elias la regardait différemment.

« De quoi as-tu besoin ? »

Il ouvrit une boîte.

Des plaques transparentes, empilables.

Une carte vivante.

Au centre : Paris.

Une ligne argentée.

Vivante.

« Le chemin de correction. »

Elle la suivit du regard.

« Et au bout ? »

« Une chambre sous l'ancien observatoire. Une mémoire scellée. »

Elle inspira.

« Et ? »

« Quelque chose tente de fermer la séquence… depuis l'autre côté. »

Silence.

« Alors c'est ça, la suite. »

« Oui. »

« Ce soir ? »

« Si possible. »

Elle regarda la ligne.

Puis lui.

« Une dernière question. »

Il attendit.

« Si je suis liée à cette séquence… à quoi est-elle liée ? »

Il resta immobile.

Puis :

« Quelqu'un a caché une mémoire à Paris. Pas une donnée. Un choix humain. Et chaque branche fermée tente de l'effacer. »

La pièce sembla se resserrer.

« À qui appartient cette mémoire ? »

Elias ne détourna pas le regard.

« À toi », dit-il.

---

# Chapitre 16 : La ligne de descente

Ils ne quittèrent pas Meridian House par le chemin de son arrivée. Elias la guida au-delà de la salle des cartes, du corridor des horloges, de la première chambre où les mécanismes d'ancrage murmuraient encore selon des intervalles discordants. À l'extrémité de cet espace, là où le mur se courbait dans l'ombre, il posa la main sur une portion de pierre indistinguable du reste.

Elle bougea.

Pas une porte au sens habituel. Une libération de pression. Une jointure reconnaissant un alignement. La pierre glissa vers l'intérieur, puis s'écarta, révélant un passage étroit descendant directement sous Meridian House.

Aucune lumière.
Aucune ornementation.
Seulement des marches.

« Sous la ligne de l'observatoire », dit Elias à voix basse. « Plus ancien que la tour. Plus ancien que la plupart de la ville telle qu'elle existe aujourd'hui. »

Elle jeta un dernier regard vers la chambre derrière eux.

Les horloges continuaient, sans accord.

Puis elle le suivit.

---

L'air changea immédiatement.

Plus froid. Plus dense. Moins indulgent.

Les marches étaient creusées en leur centre, usées par le passage du temps… mais pas assez pour expliquer cette profondeur. Cela signifiait autre chose : la répétition. Non des foules, mais des cycles. Les mêmes types de voyageurs traversant ce lieu à travers les époques.

Les murs se resserraient.

À peine à la largeur des épaules, le passage obligeait à se recentrer. Sa respiration résonnait plus fort. La mallette semblait amplifier chaque mouvement. Quelque part en bas, très bas, un bruit métallique se déplaça, puis se stabilisa, son écho remontant dans la pierre.

« Combien sont passés par ici ? » demanda-t-elle.

Elias ne se retourna pas.
« Assez pour laisser des traces. Pas assez pour stabiliser le passage. »

Cela suffisait.

Ils continuèrent.

Les marches ne suivaient pas une spirale simple. Elles se pliaient selon des angles irréguliers, comme si leur tracé était intentionnel. Une fois, le passage se resserra au point qu'elle dut se tourner de côté. Une autre fois, il s'ouvrit brièvement sur une petite chambre contenant une plaque circulaire gravée de lignes radiales.

Elias s'arrêta.

« Attends. »

Elle obéit.

Il s'agenouilla et effleura la surface. Les lignes s'illuminèrent un instant, puis s'éteignirent.

« Toujours actif », murmura-t-il.

« Qu'est-ce que c'est ? »

« Un nœud de calibration. Il mesure la cohérence. »

« Celle du voyageur ? »

« Oui. »

« Et ? »

Il la regarda.

« Pour l'instant, tu tiens. »

Pas un réconfort.

Un diagnostic.

Ils repartirent.

---

Plus ils descendaient, plus le passage résistait.

D'abord subtilement… un faux pas, une paroi tiède, une sensation que l'espace derrière elle ne correspondait plus à celui qu'elle venait de traverser.

Puis clairement.

À un tournant, elle regarda en arrière et vit les marches se diviser en deux chemins, chacun menant à une version différente de la chambre. Dans l'une, la lumière était faible. Dans l'autre, plus vive. Dans l'une, elle aperçut son propre reflet, encore immobile en haut.

Elle se détourna.

« Ne regarde pas en arrière », dit Elias.

« C'est déjà fait. »

« Alors ne recommence pas. »

Le passage se resserra encore.

Un grondement sourd apparut… pas un son, mais une vibration. Elle la ressentait dans sa poitrine, ses dents, ses os.

La mallette cliqueta.

Le dispositif réagissait.

« Non », dit Elias. « Pas encore. »

« Je ne l'ai pas ouverte. »

« Elle s'ouvre toute seule. »

Pire encore.

Elle serra la poignée.

La lumière pulsa… puis se calma.

Le grondement s'éteignit.

« Pour l'instant », dit Elias.

« Pour l'instant », répéta-t-elle.

---

Le passage s'arrêta brusquement.

Un dernier tournant, une dernière descente… puis l'espace s'ouvrit.

Elle s'immobilisa.

Devant eux, une chambre immense.

Plus vaste que Meridian House.

Le plafond se perdait dans l'obscurité. Les murs étaient stratifiés, faits de matériaux ajoutés au fil du temps. Le sol formait un cercle gravé de lignes et d'anneaux.

Au centre : une structure.

Pas une machine.
Pas un bâtiment.

Un coffre.

Un cylindre de pierre renforcé de métal sombre, couvert de motifs semblables à ceux du dispositif. Des jointures verticales suggéraient une ouverture ancienne… jamais réalisée depuis longtemps.

Une lumière s'en échappait.

Faible.

Persistante.

Le grondement était plus fort ici.

« Qu'est-ce que c'est ? » murmura-t-elle.

Elias se plaça à ses côtés.

« Le coffre de mémoire. »

---

# Chapitre 17 : Le coffre qui se souvient

Ils descendirent ensemble les dernières marches.

Le sol de la chambre était différent sous ses pieds—moins de la pierre, plus quelque chose qui avait été en fusion avant de se solidifier sous contrainte. Les lignes gravées s'illuminèrent faiblement à leur passage, non pour éclairer l'espace, mais pour reconnaître leur présence.

Le coffre se dressait devant eux.

À cette distance, sa surface semblait stratifiée par le temps. Certaines inscriptions étaient nettes, presque récentes. D'autres, presque effacées. Par endroits, les bandes métalliques avaient été remplacées ou renforcées, comme si des tentatives antérieures d'accès ou de confinement avaient échoué.

Elle ralentit.

La mallette devint plus lourde.

Pas physiquement.

Gravitationnellement.

Comme si le dispositif reconnaissait le coffre et y était attiré par quelque chose de plus fondamental que la masse.

« Fais attention », dit Elias.

« Je fais attention. »

« Non. Tu es curieuse. »

Elle s'arrêta.

« Ce n'est pas la même chose. »

Elle soutint son regard.

Puis acquiesça.

Ensemble, ils franchirent l'anneau le plus intérieur.

Le grondement s'intensifia.

Les jointures du coffre s'éclaircirent légèrement.

Le dispositif réagit aussitôt. Cette fois, elle ne résista pas. Elle s'agenouilla et ouvrit la mallette.

La lumière jaillit.

Le coffre répondit.

Ses jointures vibrèrent à l'unisson, comme si un signal oublié venait d'être reconnu. Les motifs gravés sur la machine et sur la structure commencèrent à s'aligner—non physiquement, mais conceptuellement, comme deux systèmes retrouvant un langage commun.

« Qu'y a-t-il à l'intérieur ? » demanda-t-elle.

Elias hésita.

Puis répondit, plus doucement :

« Une séquence préservée. »

« Tu l'as déjà dit. »

« Maintenant je t'explique ce que cela signifie réellement. »

Elle attendit.

« Ce n'est pas un enregistrement. Ni un message. C'est une continuité active, suspendue. Une décision. Un instant. Un point de bifurcation qui ne s'est jamais résolu. »

Son cœur accéléra.

« Une mémoire. »

« Oui. »

« La mienne. »

« Oui. »

Le mot s'enfonça en elle comme une pierre dans l'eau profonde.

Elle se tourna vers le coffre.

« Pourquoi cacher ma propre mémoire ? »

Elias s'approcha, restant juste à l'extérieur de l'anneau.

« Parce que ce que tu savais à ce moment-là était trop dangereux pour exister dans une séquence ouverte. »

Elle fronça les sourcils.
« Dangereux pour qui ? »

« Pour ceux qui cherchent à contrôler le réseau. »

La portée de cette réponse s'étendit immédiatement.

Elle observa les jointures scellées, la lumière qui tentait de s'échapper.

« Et ils essaient de le fermer depuis. »

« Oui. »

« Et ils échouent. »

« La plupart du temps. »

Le dispositif pulsa.

Les jointures s'écartèrent légèrement.

Un son émergea—ni mécanique, ni vraiment humain. Une résonance, comme des voix superposées parlant à l'unisson dans une fréquence presque inaudible.

Elle se pencha.

La lumière changea.

Et pour la première fois, quelque chose apparut à l'intérieur.

Pas clairement.

Pas entièrement.

Mais suffisamment.

Une silhouette.

Une figure.

Debout dans la lumière.

Son souffle se suspendit.

La forme était la sienne.

Pas un double.

Pas une variation croisée.

Une version d'elle-même, suspendue dans un instant figé avant une décision.

Elle fit un pas.

La main d'Elias se referma sur son bras.

« Attends. »

« Je dois… »

« Si tu l'ouvres trop vite, tu effondres la séquence. »

Elle se figea.

« Qu'est-ce que ça veut dire ? »

« Que tu ne récupères pas seulement la mémoire. Tu réécris toutes les branches qui y sont liées. »

Sa poitrine se serra.

« Combien ? »

La main d'Elias resta ferme.

« Plus que ce que nous pouvons mesurer. »

Le coffre pulsa à nouveau.

La silhouette bougea légèrement.

Comme si elle réagissait.

Reconnaissance.

Pas d'elle.

D'elle-même.

Sa voix trembla malgré elle.

« Elle sait que je suis là. »

Elias ne nia pas.

« Parce qu'elle est toi. »

---

# Chapitre 18 : Le choix qui résonne

La chambre retint son souffle.

Le grondement, la lumière, l'alignement fragile entre le dispositif et le coffre—tout se stabilisa dans un équilibre précaire. Le genre d'équilibre qui peut durer quelques secondes… ou s'effondrer instantanément, selon ce qu'elle ferait ensuite.

Elle se tenait au bord de l'anneau le plus intérieur.

La mallette était ouverte à ses pieds, le dispositif pleinement actif, ses structures internes désormais alignées avec les inscriptions du coffre. La clé brûlait en son centre, absorbant la lumière au lieu de l'émettre.

À l'intérieur du coffre, la version préservée d'elle-même demeurait suspendue dans cet instant impossible.

En attente.

Pas passivement.

Volontairement.

La compréhension la frappa.

« Ce n'était pas un accident », dit-elle.

Elias l'observait attentivement.
« Non. »

« Elle ne s'est pas retrouvée piégée. »

« Non. »

« Elle a choisi de rester ici. »

« Oui. »

Le mot résonna.

Elle s'approcha.

Elias ne l'arrêta pas cette fois.

L'air près du coffre était différent—plus fin, plus tranchant, chargé d'une tension qui pressait contre sa peau. Les lignes gravées au sol s'intensifièrent, réagissant non seulement à sa présence, mais à sa proximité.

La silhouette devint plus nette.

Son visage.

Sa posture.

Son expression.

Pas de peur.

Pas de confusion.

Une détermination calme.

La version préservée leva lentement une main.

Pas pour atteindre.

Pas pour avertir.

Pour reconnaître.

La gorge de la voyageuse se serra.

« Qu'as-tu su ? » murmura-t-elle.

Le coffre répondit.

Pas par des mots.

Par une mémoire.

Un fragment se détacha—ni totalement libéré, ni totalement retenu. Il la frappa comme un éclair glacé derrière les yeux.

Une pièce.

Pas Meridian House.

Pas Paris.

Un lieu rempli d'instruments et de voix pressées.

Un schéma sur un mur—des branches se refermant vers un nœud central.

Une voix :
« Si nous ancrons cela, le réseau se stabilise—mais dans une seule configuration. »

Une autre :
« Cette configuration élimine les voies de correction. »

Une troisième, plus basse :
« Elle devient permanente. »

Puis sa propre voix.

« Alors nous ne l'ancrons pas. »

La mémoire se referma.

Elle vacilla.

Elias la retint.

« Qu'as-tu vu ? »

Sa respiration était rapide.

« Ils allaient la fermer… verrouiller le réseau dans une seule branche stable. »

« Oui. »

« Et cette branche… »

« …supprime toutes les corrections possibles. »

Ses mains tremblaient.

« Elle fixe tout », dit-elle. « À un prix. »

Elias acquiesça.

« Un prix qu'ils étaient prêts à payer. »

Elle regarda le coffre.

La version d'elle-même qui avait refusé.

« Tu as caché la décision », murmura-t-elle.

Pas à Elias.

À elle-même.

« Tu as retiré l'instant du flux. »

La silhouette ne bougea pas.

Mais la lumière s'intensifia.

Accord.

Compréhension.

Reconnaissance.

Elias parla avec précaution.

« Cet instant est le pivot. S'il est libéré sans contrôle, le réseau peut s'effondrer dans la branche ancrée… ou pire. »

Elle se tourna vers lui.

« Et si je le laisse ici ? »

« Alors la séquence reste ouverte. Incomplète. Répétitive. »

Elle comprit.

C'était ce qu'elle vivait.

Les répétitions.

Les doubles.

Les avertissements.

Une décision suspendue.

Elle regarda le coffre.

Puis le dispositif.

Puis elle-même.

« Et si j'entre ? »

Elias répondit sans hésiter :

« Tu deviens l'instant. »

Son cœur accéléra.

« Et ensuite ? »

« Tu choisis. »

Elle ferma les yeux.

La tour.

Le pont.

Le marché.

L'hôtel.

La descente.

La carte.

Elias.

Tout menait ici.

Pas pour découvrir.

Pour compléter.

Elle rouvrit les yeux.

Elle était là.

Attendant.

Pas un refuge.

Pas un piège.

Une vérité inachevée.

Elle avança.

Elias prononça son nom…

mais elle avait déjà franchi la limite.

La lumière se referma autour d'elle.

Et pour la première fois depuis que Paris s'était fissurée…

le temps ne se divisa pas.

Il se fixa.

---

# Chapitre 19 : L'instant retrouvé

La lumière ne l'aveugla pas.
Elle la contint.

Non comme une barrière, mais comme une limite—comme entrer dans un espace où le temps aurait été suspendu en pleine respiration. Le grondement du coffre disparut. La chambre s'effaça. Le poids de la mallette, l'écho de la voix d'Elias, la géométrie de Paris—

—tout se dissipa.

Et puis…

Elle se tenait ailleurs.

Une pièce.

Clair. Clinique. Précise.

Les murs étaient couverts d'instruments qu'elle ne reconnaissait pas, mais qu'elle comprenait pourtant. Les surfaces vibraient de données—diagrammes ramifiés, probabilités en cascade, lignes temporelles se repliant les unes sur les autres.

Au centre, une plateforme circulaire.

Et autour—

des personnes.

Scientifiques. Ingénieurs. Observateurs. Certains fixaient les données. D'autres la regardaient.

Et, à l'extrémité—

la console.

Elle la reconnut immédiatement.

Pas parce qu'elle s'en souvenait.

Parce qu'elle l'avait conçue.

La compréhension fut immédiate.

Ce n'était pas seulement une mémoire.

C'était le point d'origine.

---

« Tu es en avance », dit une voix.

Elle se tourna.

Une femme se tenait près d'un des écrans—la quarantaine, présence tranchante, regard habitué à voir des modèles s'effondrer… et à en reconstruire.

Dr Ionescu.

Le nom s'imposa sans effort.

« Tu avais dit qu'il te fallait plus de temps, continua Ionescu. Nous ne l'avons plus. »

La voyageuse regarda la plateforme.

Le modèle suspendu au-dessus.

Des milliers de lignes temporelles.

En train de s'effondrer.

Pas au hasard.

En convergence.

« Qu'est-ce qui a changé ? » demanda-t-elle.

Ionescu répondit sans hésiter.
« Le réseau se stabilise de lui-même. »

« Ce n'est pas possible. »

« Ça l'est si suffisamment de nœuds se synchronisent. »

Un silence.

Puis…

« Ils forcent l'alignement. »

Les mots s'installèrent comme une fracture invisible.

La voyageuse s'approcha.

Le modèle réagit immédiatement—les lignes se déplaçaient, se recalculaient, se contractaient vers un seul chemin dominant.

« Combien de branches perdons-nous ? » demanda-t-elle.

Ionescu répondit doucement :

« Toutes… sauf une. »

---

# Chapitre 20 : L'argument qui définit le temps

La pièce n'était plus calme.
Elle avait franchi le seuil de l'urgence—celle qui précède la panique, mais croit encore pouvoir l'éviter.

Les voix se chevauchaient.
Les systèmes recalculaient.
Et le modèle central poursuivait son effondrement lent, inévitable.

Une branche s'élevait.
Toutes les autres s'effaçaient.

La voyageuse se tenait devant la console.

Ses mains restaient suspendues au-dessus.

Sans encore toucher.

Derrière elle, une voix s'éleva.

« Tu hésites. »

Elle se retourna.

Un homme qu'elle n'avait pas remarqué auparavant s'avança—plus âgé, maîtrisé, porteur du poids de décisions déjà prises.

Directeur Halberg.

« Nous n'avons pas le luxe du débat philosophique, dit-il. Le système se stabilise. Nous pouvons soit le guider, soit le laisser se finaliser sans contrôle. »

« Et si nous le guidons ? » demanda-t-elle.

« Nous assurons la cohérence. »

Elle soutint son regard.

« Au prix de tout le reste. »

Halberg ne broncha pas.

« Au prix de l'incertitude », corrigea-t-il.

La nuance était volontaire.

Et dangereuse.

---

Ionescu intervint.

« Vous ne supprimez pas seulement l'incertitude, dit-elle. Vous supprimez l'adaptabilité. »

Halberg secoua la tête.
« Nous supprimons le chaos. »

« C'est la même chose », répondit Ionescu.

La voyageuse écoutait.

Mais elle ne les entendait plus.

Elle observait le modèle.

Les branches disparaissaient.

Chacune une possibilité.

Une correction.

Un futur potentiellement nécessaire.

Effacée.

Parce que la stabilité exigeait la simplicité.

---

« Et après ? » demanda-t-elle à voix basse.

Halberg répondit.

« Après quoi ? »

« Après la stabilisation. »

Il désigna le modèle.

« Nous le maintenons. »

« Combien de temps ? »

« Aussi longtemps que nécessaire. »

Sa voix se durcit.

« Et si c'est une erreur ? »

Un silence tomba.

Pas de doute.

Un refus.

---

« Il n'y a pas d'erreur », dit finalement Halberg. « Il n'y a que la branche qui survit. »

Les mots résonnèrent.

Froids.

Absolus.

Définitifs.

La voyageuse se tourna vers la console.

Le modèle était presque achevé.

La branche dominante entièrement formée.

Tout le reste…

des fantômes.

---

# Chapitre 21 : La décision irréversible

Ses mains descendirent sur la console.
Pas brusquement.
Pas avec hésitation.
Mais avec la précision silencieuse de quelqu'un qui savait que chaque mouvement portait désormais des conséquences.

La surface réagit avant même que ses doigts ne se posent pleinement.
Le système reconnut l'intention—pas le contact.

Accès accordé.
Contrôle transféré.

Un déplacement subtil parcourut la pièce—ni son, ni lumière, mais quelque chose de plus proche d'un alignement. L'air sembla se stabiliser, comme si l'espace lui-même attendait cet instant pour résoudre sa propre incertitude.

La pièce se figea.

Même Halberg se tut.

Pas par choix.

Parce que l'environnement lui-même avait supprimé le besoin d'interrompre.

Parce que désormais…

c'était elle.

---

Trois options apparurent.

Pas simultanément. Elles se formèrent—lentement, avec précision—comme un reflet qui se clarifie lorsque la surface devient immobile.

Sans étiquette.

Elles n'en avaient pas besoin.

Elle les comprit immédiatement.

Pas comme des choix proposés…

mais comme des issues déjà entrevues.

Option 1 : Laisser stabiliser
Ne rien faire.
Laisser le réseau s'effondrer dans une seule branche dominante.
Permanent.
Net.
Contrôlé.

Option 2 : Forcer la stabilisation
Intervenir.
Façonner la branche finale.
L'aligner avec l'intention humaine.
Toujours permanent.
Toujours unique.

Option 3 : Empêcher la stabilisation
Interrompre la convergence.
Préserver toutes les branches.

Laisser le réseau ouvert.
Inachevé.
Instable.
Vivant.

---

Sa respiration ralentit.

Pas volontairement.

Elle s'ajusta d'elle-même, s'accordant à quelque chose de plus profond que la pensée.

La pièce s'effaça.

Pas physiquement.

Devenue secondaire.

Les contours restaient—la console, les silhouettes derrière elle, l'architecture du système—mais ils n'avaient plus de poids.

Parce que ceci…

c'était le seul instant qui comptait.

Derrière elle, Halberg parla à nouveau.

« Décide. »

Pas une demande.

Un ordre.

Le ton traversa le silence sans le briser.

Ionescu ne dit rien.

Mais son silence n'était pas une absence.

C'était une présence sans interférence.

Un témoin.

---

La voyageuse ferma les yeux.

Et pendant un instant—

un seul—

elle vit tout.

Pas seulement en images.

En trajectoires.

En conséquences.

Un monde stabilisé.

Net.
Prévisible.
Fixe.

Le temps redevenait linéaire.

Et lentement…

faux.

Pas immédiatement.

Mais inévitablement.

Parce qu'un système incapable de changer ne peut survivre à ce qu'il ne peut anticiper.

L'avenir se réduisait.

Puis se durcissait.

Puis se figeait.

Un monde guidé.

Meilleur.
Plus précis.
Façonné par l'humain.

Et pourtant…

limité.

Parce que contrôler, c'est restreindre.

Parce que l'intention remplace la possibilité.

Parce qu'un seul chemin reste un seul chemin.

---

Et un monde—

fragmenté.
Instable.
Désordonné.

Des branches divergentes.

Vivantes.

Dangereuses.

Mais corrigeables.

Réelles.

Imprévisibles.

Mais ouvertes à devenir autre chose.

---

Elle rouvrit les yeux.

La console attendait.

Pas passivement.

Attentivement.

Le réseau retenait son souffle.

Le temps—

pour la première fois—

ne progressait plus.

Il attendait.

---

« Je ne l'ancrerai pas », dit-elle.

---

Halberg avança immédiatement.

« Tu ne peux pas décider seule. »

« C'est déjà fait. »

« Tu mets tout en danger. »

Elle se tourna vers lui.

« Non. Je le préserve. »

Sa voix ne monta pas.

Mais elle ne vacilla pas.

Sa main bougea.

Pas pour choisir.

Pour retirer.

Elle trouva le point exact.

Et au lieu de le compléter—

elle le supprima.

---

Le système réagit violemment.

Pas comme une panne unique.

Comme une cascade.

Les alarmes éclatèrent.

La lumière se fragmenta.

Les branches explosèrent à nouveau—

sans ancrage.

Sans résolution.

---

« Arrête ! » cria Halberg.

Trop tard.

---

Elle se tourna vers Ionescu.

« Cache-le. »

Ionescu comprit.

---

« L'instant. Cette décision. Retire-le du réseau. »

« Cela va tout déstabiliser. »

« Oui. »

« Et toi ? »

---

Elle regarda le chaos.

Pas comme une destruction.

Comme une libération.

---

« Je le maintiendrai », dit-elle.

---

# Chapitre 22 : Celle qui est demeurée

Le coffre réapparut.

Pas avec force. Pas par transition.

Il se révéla—progressivement, comme s'il avait toujours été là et qu'on lui permettait seulement maintenant d'être vu.

Mais plus comme avant.

La géométrie demeurait, la lumière persistait, les limites restaient familières—mais quelque chose avait changé.

Pas dans la structure.

Dans le sens.

Désormais…

elle le comprenait.

Elle se tenait au cœur du cylindre de lumière.

L'illumination n'était pas agressive. Elle n'aveuglait pas. Elle la contenait—définissait sa position sans l'enfermer.

Pas piégée.

Ancrée.

La différence s'imposa sans résistance.

La décision flottait autour d'elle.

Pas comme un objet, pas localisée—mais diffuse, répartie dans l'espace lui-même, comme si chaque ligne de lumière en portait une part.

L'instant préservé.

Pas suspendu.

Pas retardé.

Maintenu.

Sans être résolu.

---

À l'extérieur—

le temps se fragmentait.

Pas comme une destruction.

Comme une répétition.

Des instants se repliaient sur eux-mêmes. Des séquences s'ajustaient en cours de mouvement. Des résultats apparaissaient, puis changeaient, puis revenaient sous une autre forme.

Répétés.

Adaptés.

Maintenus.

Le monde ne s'effondrait pas.

Il continuait.

Mais pas proprement.

---

À l'intérieur—

elle demeurait.

Le calme n'était pas vide.

C'était une retenue. Une tension contenue.

Maintenir la ligne entre possibilité et permanence.

Ne pas choisir entre elles—

empêcher l'une d'éliminer l'autre.

Et maintenant—

pour la première fois—

elle n'était plus seule.

La sensation précéda la vision.

Un déplacement.

Un équilibre modifié.

Puis—

l'autre version d'elle-même apparut.

Celle qui était revenue—

celle qui avait traversé Paris, la mémoire, la fracture—

se tenait devant elle.

Sans avancer.

Sans apparaître.

Simplement là.

Comme si elles avaient atteint cet instant depuis deux directions différentes, exactement au même moment.

Deux versions.

Une décision.

Un seul instant.

Enfin complet.

---

La version préservée parla la première.

« Tu es revenue. »

La voix était identique.

Pas un écho.

Pas une variation.

Mais elle portait un poids différent—moins d'incertitude, plus de continuité.

La voyageuse acquiesça.

« Je devais comprendre. »

Les mots ne sonnaient plus comme une explication.

Mais comme une confirmation.

« Et maintenant ? »

La question ne pressait pas.

Elle ouvrait.

« Tu as encore le temps de t'arrêter. »

« Tu l'as déjà dit. »

« Je le dis toujours. »

La répétition n'était pas redondante.

Elle était nécessaire.

Une structure revenant à elle-même.

Pas pour piéger.

Pour vérifier.

Un silence.

Pas une hésitation.

Une intégration.

L'espace entre elles ne se vidait pas.

Il se remplissait—d'alignement, de reconnaissance, de fusion silencieuse de deux perspectives autrefois séparées.

« Alors je choisis à nouveau », dit-elle.

---

La lumière changea.

Pas violemment.

Pas brusquement.

Elle s'ajusta.

Les lignes du cylindre se modifièrent, comme recalibrées autour d'un nouveau centre.

Le coffre vibra.

Pas par instabilité—

par réponse.

Parce que cette fois—

la décision ne serait pas retirée.

Elle ne serait pas cachée.

Elle ne serait pas repoussée hors d'atteinte.

Elle serait vécue.

---

# Chapitre 23 : Le second choix

Le coffre ne s'ouvrit pas.

Aucun mouvement dans les parois, aucune séparation, aucune transition visible d'un état à un autre.

Il se transforma.

Pas physiquement—mais structurellement, comme un motif qui se réorganise lorsqu'un nouvel élément y entre et force tout le reste à redéfinir sa position.

La lumière demeurait, mais son alignement changeait. Les lignes autrefois fixes semblaient désormais se réorienter autour d'un centre devenu instable.

Comme si le système reconnaissait une condition qu'il n'avait jamais été conçu pour traiter :

La décision était revenue… avec conscience.

L'espace ne la rejeta pas.

Il s'adapta.

Les deux versions d'elle-même se tenaient dans le même instant.

Plus séparées par le temps.

Plus l'une préservée et l'autre active.

Désormais…

concurrentes.

Le mot n'avait pas besoin d'être prononcé.

Il s'imposait—dans l'équilibre parfait où aucune ne dominait, aucune ne cédait. Elles existaient en parallèle—non comme des copies, mais comme deux états ayant atteint le même point par des chemins différents.

---

« Tu as retiré cet instant autrefois », dit la version préservée.

« Oui. »

« Et maintenant tu l'as ramené. »

« Oui. »

L'échange n'était pas répétitif.

Il confirmait.

Un silence.

Pas vide.

Maintenu.

Puis :

« Pourquoi ? »

La question ne défiait pas.

Elle pesait.

La voyageuse regarda au-delà—

au-delà de la lumière,

au-delà du coffre,

vers quelque chose d'invisible mais perceptible.

Une profondeur sans distance.

Une structure sans limite.

« Je pensais que le problème était le choix », dit-elle.

« Ce n'était pas le cas. »

---

Le coffre réagit.

Pas par le son.

Pas par la force.

Par organisation.

La lumière se réarrangea—non en expansion, non en effondrement, mais en cartographie.

Des lignes apparurent. Des surfaces révélèrent des variations subtiles—densité, direction, potentiel.

Pour la première fois—

la structure complète du réseau devint visible.

Pas comme des lignes.

Pas comme des branches.

Mais comme un champ.

Une topologie vivante de probabilités, de corrections, de divergences et de convergences.

Elle ne restait jamais immobile.

Elle évoluait—silencieusement—se rééquilibrant autour d'un changement fondamental.

Vivante.

---

« Le problème », dit-elle doucement,

« c'était d'avoir retiré l'instant du temps. »

Les mots ne résonnèrent pas.

Mais l'espace les absorba, comme pour en tester la vérité.

La version préservée observa.

Pas analytiquement.

Reconnaissant.

La compréhension fut immédiate.

Non parce qu'elle était expliquée…

mais parce qu'elle avait toujours été là.

« Si l'instant existe… »

« …le système peut s'y référer. »

« Et s'adapter. »

« Et corriger. »

---

Derrière elles, le coffre vibra.

Plus perceptiblement cette fois—

ni instable, ni violent.

Inédit.

Le système réagissait à quelque chose de nouveau.

Pas la stabilité.

Pas le chaos.

Autre chose.

Quelque chose qui ne se résout pas.

Qui continue.

---

« Alors on ne choisit pas une seule fois », dit la version préservée.

« On choisit en continu. »

La phrase n'apporta pas de conclusion.

Elle ouvrit.

---

La voyageuse acquiesça.

Pas seulement en accord—

en compréhension.

Le choix n'était plus un instant.

C'était une condition.

---

## Chapitre 24 : Le réseau vivant

Le dispositif s'éleva hors de la mallette ouverte.

Pas brusquement.

Pas par force.

Il s'éleva avec une certitude silencieuse, comme s'il avait attendu l'instant où il n'aurait plus besoin d'être porté.

Un bref moment, il resta suspendu—entre confinement et libération.

Il n'avait plus besoin de sa main.

L'absence de contact ne ressemblait pas à une perte.

Elle ressemblait à un accomplissement.

Il était devenu autre chose—

un médiateur.

Non par sa forme.

Par sa fonction.

Quelque chose qui ne contrôle pas, qui n'impose pas—

mais relie.

Entre la réalité figée et la possibilité vivante.

---

Elias se tenait à l'extérieur du coffre.

La lumière ne l'atteignait pas complètement. Elle s'arrêtait à la limite, comme si elle reconnaissait une distinction encore non franchie.

Pour la première fois—

il avança avec intention.

Non attiré.

Non contraint.

Choisi.

Dans la lumière.

La transition fut subtile, mais indéniable. Dès qu'il franchit le seuil, l'espace l'intégra—non par transformation, mais par inclusion.

---

« Cela ne devait pas arriver », dit-il.

Sa voix portait moins de résistance.

Plus de reconnaissance.

« Non », répondit-elle.

« Cela devait se terminer. »

---

Le réseau se déploya autour d'eux.

Pas comme une structure imposée.

Pas comme un système activé.

Mais comme quelque chose qui se révélait en réponse à ce qui avait été permis.

Pas en effondrement.

Pas en stabilisation.

Mais en respiration.

Le mouvement était continu—ni chaotique, ni rigide—mais vivant d'ajustement. Les lignes apparaissaient et disparaissaient avant de se fixer. Les chemins se croisaient, se séparaient, puis se rejoignaient autrement.

Des branches naissaient.

Se reconnectaient.

Se corrigeaient.

Non supprimées…

conservées.

L'espace n'effaçait pas la divergence.

Il l'absorbait.

---

L'issue de Halberg avait été évitée.

Son absence était perceptible—non comme un manque, mais comme une pression disparue.

Mais ce qui la remplaçait n'était pas du désordre.

Ni un échec.

Quelque chose de plus discret.

Plus stable autrement.

« Continuité adaptative », murmura Elias.

Les mots semblaient découverts, non imposés.

Le système avait trouvé un troisième état.

Non par conception.

Par nécessité.

---

Le réseau ne cherchait plus une seule branche stable

Cette compréhension n'apparut pas comme une affirmation—elle émergea de l'observation. Des chemins qui se seraient autrefois resserrés conservaient désormais leur forme plus longtemps.

Il ne permettait plus une divergence illimitée

Lorsque l'expansion menaçait la cohérence, la structure réagissait—non en supprimant, mais en redirigeant, en rééquilibrant.

Il maintenait un instant de référence (le coffre)

La lumière pulsa—non visible, mais perceptible—comme si le coffre devenait un point constant de comparaison.

Toutes les branches s'y référaient

Chaque variation était mesurée non par une règle fixe, mais par ce qui avait été préservé.

Les écarts n'étaient pas supprimés—ils étaient pondérés, corrigés ou renforcés

Certains chemins s'intensifiaient. D'autres s'effaçaient. Aucun n'était simplement éliminé.

Le coffre devenait :

Un cadre temporel dynamique de référence

Les mots ne semblaient pas imposés.

Ils décrivaient simplement ce qui était déjà en train de se produire.

Pas figé.

Pas supprimé.

Observé. Réévalué. Vécu.

---

Elias s'approcha légèrement, suivant le mouvement du réseau—non pour le contrôler, non pour le comprendre entièrement, mais pour en observer l'évolution.

« C'est impossible », dit-il.

Sans incrédulité.

Seulement la reconnaissance de son ampleur.

« Non », répondit-elle.

« Cela n'était simplement pas permis auparavant. »

---

## Chapitre 25 : Celle qui demeure

Le système se stabilisa.

Pas dans le silence.

Dans le mouvement.

Le changement fut d'abord subtil—presque imperceptible—mais il se propagea partout à la fois. La structure environnante ne semblait plus chercher à se résoudre. Elle se mouvait désormais, continuellement, comme si la stabilité avait été redéfinie : non plus comme un état figé, mais comme une capacité à s'ajuster.

Les deux versions d'elle-même se faisaient face.

Pas en miroir.

Pas en opposition.

Alignées.

Aucune distance n'avait d'importance—seulement deux trajectoires ayant atteint le même point par des chemins différents.

Il ne restait qu'une question.

« Si l'instant demeure, dit la version préservée,

quelqu'un doit le tenir. »

Les mots ne résonnèrent pas.

Ils s'ancrèrent.

La voyageuse comprit immédiatement.

Pas comme une conclusion.

Comme une vérité déjà présente.

« Pas le tenir, dit-elle.

Le vivre. »

---

La nuance était essentielle.

Elle transformait le choix—de la simple conservation à la participation.

Ne plus préserver quelque chose à distance,

mais en devenir inséparable.

---

« Si personne n'est ici, dit Elias,

la référence s'effondre. »

Sa voix traversa l'espace sans le troubler.

« Et si quelqu'un y reste ? » demanda-t-elle.

« Il devient partie du système. »

Ce n'était pas un avertissement.

Un fait.

---

Elle regarda son autre elle-même.

Celle qui avait déjà tout sacrifié une fois.

Aucun signe visible.

Mais une présence immobile.

« Tu n'as pas à rester, dit-elle. »

Pas une argumentation.

Une offre.

« Je l'ai déjà fait », répondit l'autre.

Sans résistance.

Continuité.

Une compréhension passa entre elles.

Sans mots.

« Tu ne devrais pas avoir à le refaire. »

---

La lumière se modifia.

Doucement.

Les contours du cylindre s'assouplirent, puis se redéfinirent.

Comme un système proposant un choix au lieu de l'imposer.

Elle ferma les yeux et inspira profondément.

L'air était différent.

Clair.

Présent.

Et pour la première fois, elle sentit pleinement le poids de l'identité.

Pas ce qu'elle avait été.

Pas ce qu'elle deviendrait.

Mais ce que cela signifiait…

d'être celle qui décide.

Cela ne l'écrasa pas.

Cela la stabilisa.

---

Lorsqu'elle rouvrit les yeux,

il n'en restait plus qu'une.

Aucune transition.

Aucune fusion visible.

Seulement une absence…

et une présence qui contenait les deux.

---

Elias ne bougea pas.

Mais son regard changea.

Léger.

Presque imperceptible.

Reconnaissance.

« Laquelle es-tu ? » demanda-t-il.

---

Elara ramassa la mallette.

Un geste simple.

Familier.

Elle la referma.

Le verrou s'enclencha doucement—non comme une fin, mais comme une nouvelle forme de continuité.

Le dispositif s'y posa—

pas inactif.

Intégré.

Partie de ce qui venait d'être accompli.

« Je suis celle qui est restée », dit-elle.

Sans insistance.

Sans nécessité.

« Ce n'est qu'une possibilité…

le choix, pour l'instant. »

Au début, il semblait que le temps se brisait.

Plus tard, il devint évident—

qu'il ne l'avait jamais été.

---

# Épilogue : La ville qui se souvient

Paris était inchangée.
Et totalement différente.

La différence se révéla lentement—non dans les structures, non dans la ligne d'horizon, mais dans la manière dont les instants se déployaient. La ville ne donnait plus l'impression de répéter des motifs invisibles. Elle avançait désormais—mais pas en ligne droite.

Le marché vivait toujours.
Les voix se superposaient, les vendeurs appelaient, les pas résonnaient sur la pierre polie par les siècles.

Le pont tenait toujours.
Son poids intact, sa fonction constante, reliant les rives sans question.

La tour se dressait toujours.
Exacte. Familière. Inévitable.

Mais désormais—

rien ne se répétait.

Pas exactement.

De légères variations.
Un geste interrompu un instant plus tôt.
Un regard prolongé juste assez pour en modifier le sens.

Des corrections subtiles.

Des instants presque alignés—
mais pas tout à fait.

Et dans cet espace entre attente et variation—
quelque chose de nouveau vivait.

Le réseau fonctionnait.

---

La voyageuse traversait la ville.

Sans urgence.
Sans hésitation.

Elle ne cherchait plus.
Elle ne poursuivait plus d'échos.

Son mouvement portait une conscience calme—non de ce qui pourrait se répéter, mais de ce qui pourrait émerger.

Désormais…

elle faisait partie du système qui rendait cela possible.

Stable, pour l'instant.

---

Au Trocadéro…

elle s'arrêta.

Inspira lentement.

L'air semblait ancré—réel, sans dépendre de certitude.

Et elle se souvint de tout.

Non en fragments.
Non en séquences.

Mais comme une continuité.

La tour Eiffel se tenait devant elle, parfaitement symétrique.

La lumière dorée glissait sur la pierre, révélant sans figer.

Une fine ligne verticale de lumière apparut devant elle.

Elle ne déchira pas l'air.

Elle le révéla.

Elle cligna des yeux—

Un instant—

juste un instant—

l'air vibra.

Et là—

devant elle—

une autre silhouette apparut.

Pas identique.
Pas passée.
Pas future.

Simplement différente.

Une autre voyageuse.

Sa présence n'altérait pas l'espace.

Elle en faisait partie.

---

Elle ne la suivit pas.

Elle ne parla pas.

Elle observa simplement.

Parce que désormais…

elle comprenait.

Tout n'exige pas d'intervention.
Tout n'exige pas de résolution.

---

Le réseau restait actif.

Invisible.

Mais indéniable.

De nouvelles anomalies pouvaient apparaître.

Non comme des erreurs.

Comme des expressions.

Elle pouvait être gardienne, observatrice, participante…

mais elle n'était plus le centre.

D'autres inconnues subsistaient :

des nœuds brisés encore invisibles,
des voyageurs aux trajectoires croisées à venir,
d'autres villes,
d'autres temps,
d'autres décisions—

coexistant dans un même système vivant.

Le réseau n'avait jamais été conçu pour choisir un seul chemin.

Il devait apprendre à choisir.

Il n'existe pas de ligne parfaite.

Aucun résultat fixé à atteindre.

La vérité n'est pas un point final.

C'est un processus continu.

Le temps n'est pas une ligne—

mais un système adaptatif.

Et pourtant…

des questions demeurent.

---

Réflexion finale

Le système n'a pas choisi un chemin unique.

Il a appris à rester ouvert.

Et ce faisant—

il est devenu plus proche du vivant.

---

Note optionnelle (lecteurs techniques)

Le système temporel décrit peut être interprété comme :

- Un réseau dynamique d'états en bifurcation
- Une architecture décisionnelle non linéaire
- Un système adaptatif auto-correctif

Concepts clés :

- Préservation vs élimination des branches
- Points d'ancrage comme états de référence
- Boucles décisionnelles continues plutôt que résultats fixes

Ce n'est pas uniquement de la physique.

Mais cela s'inspire de la pensée systémique, de l'alignement en IA et des modèles adaptatifs complexes.

---

## Glossaire du système temporel

---

Ce glossaire propose une lecture simplifiée des concepts clés du système temporel présenté dans ce roman. Ces termes ne décrivent pas une physique stricte, mais une modélisation inspirée des systèmes complexes, de l'intelligence artificielle et de la prise de décision.

**Réseau (Network)**

Structure dynamique reliant l'ensemble des lignes temporelles possibles.
Le réseau n'est pas fixe : il évolue, s'adapte et se corrige en continu.

**Branche (Branch)**

Chemin temporel distinct résultant d'une décision ou d'une variation.
Les branches ne sont pas nécessairement éliminées—elles peuvent être conservées, ajustées ou réintégrées.

**Séquence (Sequence)**

Enchaînement cohérent d'événements au sein d'une branche donnée.
Une séquence peut être stable, instable ou récurrente.

**Ancrage (Anchor / Anchor Point)**

Point de référence utilisé pour stabiliser ou comparer les états du réseau.
Un ancrage ne fige pas le temps : il permet d'évaluer les variations.

**Moment de référence (Reference Moment)**

Instant spécifique conservé pour servir de base de comparaison à l'ensemble du système.
Dans ce récit, ce moment est maintenu plutôt que résolu.

**Meridian House (Maison Meridian)**

Point de convergence au sein du réseau.
Lieu où les décisions ne sont pas simplement prises, mais révélées et recontextualisées.

**Dispositif (Device)**

Instrument permettant d'interagir avec le réseau temporel.
Il ne contrôle pas le système : il facilite la perception, l'accès et l'ajustement.

**Convergence (Convergence)**

Processus par lequel plusieurs branches tendent vers une seule issue dominante.
La convergence peut stabiliser le système—ou limiter ses capacités d'adaptation.

**Stabilisation (Stabilization)**

État dans lequel le réseau cesse de diverger.
Une stabilisation complète implique la perte des alternatives.

**Continuité adaptative (Adaptive Continuity)**

État émergent du système dans lequel les branches sont conservées et ajustées en continu.
Le réseau reste stable non pas en se figeant, mais en s'adaptant.

**Divergence (Divergence)**

Expansion de branches multiples à partir d'un point commun.
Une divergence non contrôlée peut mener à l'instabilité, mais elle est essentielle à l'évolution du système.

**Alignement (Alignment)**

Processus par lequel les branches ou décisions sont harmonisées.
Un alignement forcé peut réduire la complexité au détriment de la résilience.

**Cadre temporel dynamique de référence**

(Dynamic Temporal Reference Frame)
Structure centrale permettant au réseau de comparer, corriger et rééquilibrer les variations en temps réel.
Il remplace le concept de ligne temporelle unique.

---

## Note au lecteur

Ce système ne doit pas être compris comme une théorie physique stricte, mais comme une représentation conceptuelle :

• de la prise de décision
• de l'incertitude
• et de l'adaptation dans les systèmes complexes

Il propose une idée simple :

**Le temps n'est pas un chemin fixe.**
**C'est un système qui apprend à choisir.**

---

## À propos de l'auteur

**Mark Anderson, PhD**

Mark Anderson écrit à l'intersection de l'intelligence artificielle, de la prise de décision humaine et des systèmes complexes.

Fort de plus de 25 ans d'expérience dans les domaines scientifique, réglementaire et technique, son travail explore la manière dont les systèmes intelligents interagissent avec le jugement humain—en particulier dans des environnements où précision, risque et incertitude doivent coexister.

Son écriture combine :
• Réalisme scientifique
• Exploration philosophique
• Apprentissage guidé par le récit

Il est également le créateur de la série d'apprentissage linguistique **« With Purpose »** ainsi que de plusieurs publications centrées sur l'IA.

L'origine du nom *Elara* provient de la mythologie grecque. Mortelle aimée de Zeus, elle fut cachée sous la Terre pour être protégée d'Héra. Elle devint la mère de Tityos, un géant.

---

## Notes de style

Ce livre est écrit différemment—intentionnellement.

Vous remarquerez peut-être :
des phrases courtes,

des pauses marquées,
des moments qui semblent incomplets ou suspendus.

Certaines pensées s'interrompent…
suggérant hésitation ou incertitude.

D'autres se fragmentent—
modifiant leur sens en cours de lecture.

Parfois, la ponctuation est utilisée de manière expressive :
— les tirets pour dévier ou interrompre une idée
… les points de suspension pour suggérer l'hésitation
, les virgules pour adoucir le rythme

L'espace blanc fait partie de l'expérience.

Il crée un lieu pour réfléchir—
cet instant entre compréhension et décision.

Ce ne sont pas des erreurs de mise en forme.
Elles participent à la lecture.

Certaines scènes sont faites pour être rapides.
D'autres pour durer.

Si vous ralentissez, relisez, ou marquez une pause—
le livre fonctionne exactement comme prévu.

Ce moment de recul—
où vous observez votre propre pensée—
est celui où les questions essentielles commencent.

Ce livre ne se lit pas seulement.
Il s'expérimente.

« La structure utilise rythme, fragmentation et ponctuation pour refléter l'incertitude, la décision et la perception du temps. »

---

## Intention de l'auteur

Cette histoire explore une question simple—
aux conséquences complexes :

**Et si le temps n'était pas fait pour être résolu… mais continuellement compris ?**

Nous cherchons souvent :
des résultats optimaux,
des réponses stables,
des solutions permanentes.

Mais les systèmes—biologiques, technologiques, humains—
ne prospèrent que rarement dans la permanence seule.

Ce roman examine :
• La tension entre stabilité et adaptabilité
• Le coût de la suppression de l'incertitude
• Le rôle du jugement humain dans les systèmes intelligents
• L'idée que la vérité n'est pas fixe—mais maintenue

Ce n'est pas seulement une histoire de voyage dans le temps.

C'est une histoire de décision face à l'incertitude.

Et de ce que cela signifie…
de vivre avec ces décisions.

---

# Description

## LE PROTOCOLE MÉRIDIEN DE PARIS

*Les choses ne sont pas ce dont elles se souviennent*

Et si le temps n'était jamais censé être figé ?

Une voyageuse solitaire arrive à Paris. Au début, la ville lui semble familière—rues calmes, lumière chaleureuse, rythme régulier de la vie.

Puis quelque chose change.

Les instants se répètent.
Les reflets bougent avant elle.
Et, juste devant—toujours hors d'atteinte—une autre version d'elle-même apparaît.

Entraînée dans un réseau caché sous la ville, elle découvre un système conçu pour accomplir l'impossible : stabiliser le temps lui-même.

Mais la stabilité a un prix.

Un seul chemin.
Un seul résultat.
Aucune correction.
Aucune seconde chance.

Alors que le système converge vers un futur irréversible, elle doit faire un choix final :

**figer le temps à jamais…**
**ou le laisser vivre—et rester incertain.**

*Le Protocole Méridien de Paris* mêle narration atmosphérique, science et philosophie pour explorer l'équilibre fragile entre contrôle et possibilité—et ce que signifie réellement choisir.

---

## Quatrième de couverture

Et si le temps n'était jamais censé être figé ?

Une voyageuse solitaire arrive à Paris…
et découvre que les instants se répètent, que les reflets devancent les mouvements, et qu'une autre version d'elle-même existe déjà.

Sous la ville, un système tente de stabiliser le temps.

Mais la stabilité exige un sacrifice :
un seul chemin.
une seule réalité.

Sans correction.
Sans retour.

Face à un futur qui se referme, elle devra décider :

**fixer le temps pour toujours…**
**ou le laisser ouvert—et vivant.**

Un roman sur le temps, la mémoire et le choix.

Édition française originale adaptée — une version conçue pour une lecture naturelle en français.

---

## Autres ouvrages de Mark Anderson

- *Tommi la tomate verte* (série bilingue)
- *L'Écho de l'Alignement* (Livres I, II, III) — Science-fiction

- *The Accidental Genius & Snackcidents* (cuisine)
- *Does AI Scare You? Yes. No. Maybe.*
- *Finnish with Purpose*
- *Swedish and Portuguese with Purpose* — à paraître

---

**La série Meridian**

*Là où le temps n'est pas figé—et le choix non plus.*

**Livre 1 : Le Protocole Méridien de Paris**

Le système est découvert.
Une voyageuse solitaire dévoile une structure destinée à stabiliser le temps.
Mais supprimer l'incertitude pourrait tout détruire.

**Livre 2 : La Récurrence de Londres** ***(à paraître)***

Le système résiste.
L'intervention remplace l'observation.
La précision révèle ses limites.

**Livre 3 : La Convergence de Tokyo**

Le système devient autre chose.
Les frontières s'effondrent.
Le temps évolue au-delà du contrôle.

---

www.ingramcontent.com/pod-product-compliance
Lightning Source LLC
LaVergne TN
LVHW010949110826
845149LV00015B/3278

* 9 7 9 8 9 9 5 8 0 8 5 2 7 *